LE GRAND CLASSIQUE À L'ORIGINE DU FILM

LES FILLES DU DOCTEUR MARCH

LOUISA MAY ALCOTT

TRADUIT DE L'ANGLAIS (ÉTATS-UNIS)
PAR ANNE JOBA

- TEXTE ABRÉGÉ -

hachette
ROMANS

L'édition originale de cet ouvrage a paru en langue anglaise
chez Amulet Books, an imprint of ABRAMS, New York, sous le titre :
Little Women: The Original Classic Novel Featuring
Photos from the film. (All rights reserved in all countries
by Harry N. Abrams, Inc.)

Texte abrégé
Traduit de l'anglais (États-Unis) par Anne Joba
Couverture : image issue du film.

Photos : Wilson Webb.
Design de couverture : Headcase Design.

Hachette Livre, 58 rue Jean Bleuzen, 92170 Vanves.

I

UNE FAMILLE HEUREUSE

« Un Noël sans cadeaux, ce ne sera pas un Noël, grommela Jo étendue sur le tapis.

— C'est terrible d'être pauvre ! soupira Meg en regardant sa vieille robe.

— Je trouve qu'il n'est pas juste que des filles reçoivent tout plein de jolies choses et d'autres rien du tout, ajouta la petite Amy avec un reniflement offensé.

— Nous avons nos parents et nous sommes toutes les quatre », dit gaiement Beth dans son coin.

À ces paroles, la figure des sœurs s'éclaira mais elle s'assombrit de nouveau quand Jo remarqua tristement :

« Papa est bien loin et il ne sera pas de retour avant longtemps. »

Elle n'osa pas dire « peut-être jamais », mais toutes l'avaient pensé. Elles se représentaient leur père au milieu des combats qui mettaient alors aux prises le Nord et le Sud de l'Amérique.

Le silence régna une minute, puis Meg dit d'une voix altérée :

« Maman a pensé qu'il valait mieux que nous dépensions l'argent de nos étrennes pour les pauvres soldats qui se battent au loin. Nous ne pouvons pas grand-chose mais nous pouvons faire de petits sacrifices. Cela m'est difficile, je l'avoue. »

Elle songeait avec regret à tous les jolis vêtements dont elle avait envie.

Et chacune de dire ce qu'elle aurait voulu s'acheter avec le dollar qu'elle possédait.

« Maman n'a pas parlé de notre argent personnel et je suis sûre qu'elle ne veut pas que nous nous en privions. Achetons ce dont nous avons envie. Nous travaillons assez dur toute l'année pour nous le permettre, dit Jo.

— Oh ! oui, ce n'est pas amusant de garder ces insupportables enfants presque toute la journée, quand j'aimerais tant rester à la maison, répondit Meg.

— Et que dirais-tu de rester enfermée des heures avec une vieille femme capricieuse, reprit Jo, toujours grognon, jamais contente. J'ai parfois envie de sauter par la fenêtre ou de crier.

— À mon avis, soupira Beth, la pire chose au monde consiste à laver la vaisselle, à mettre les affaires en ordre. Mes doigts deviennent tellement gourds que je peux à peine m'exercer au piano. »

Ce fut au tour d'Amy de s'écrier, outrée :

« Vous n'êtes pas obligées d'aller à l'école avec des filles impertinentes qui se moquent de vous, critiquent vos vêtements, se moquent de votre père parce qu'il n'est pas riche, et vous insultent quand vous avez un vilain nez.

— Comme nous serions heureuses sans tous ces soucis ! s'exclama Meg qui se rappelait les temps meilleurs où leur père n'avait pas encore perdu sa fortune.

— Tu disais, l'autre jour, que nous étions beaucoup plus heureuses que les enfants King qui ne cessent de se quereller en dépit de tout leur argent.

— C'est vrai, Beth. Nous sommes gaies et, en dehors de notre travail, nous prenons du bon temps, comme dirait Jo.

— Oh ! Jo emploie des expressions tellement vulgaires ! » fit Amy en regardant avec réprobation la longue silhouette étendue sur le tapis.

Jo aussitôt se redressa, mit les mains dans ses poches et commença à siffler.

« Arrête, Jo, on dirait un garçon ! dit Amy.

— C'est bien pour cela que je le fais.

— Je déteste les filles mal élevées ! affirma Amy.

— Et moi les gamines qui font des manières.

— Les oiseaux dans leurs petits nids sont toujours d'accord, chanta Beth, l'éternelle conciliatrice, avec une grimace si drôle que toutes se mirent à rire.

— Vous avez tort toutes les deux, dit Meg, très sœur aînée. À ton âge tu devrais abandonner ces façons de garçon manqué, Joséphine. Quand tu étais petite cela n'avait pas d'importance, mais maintenant avec tes cheveux relevés tu pourrais te rappeler que tu es une jeune fille.

— Pas encore, et si mes cheveux relevés m'en donnent l'air, je me ferai deux nattes jusqu'à ce que j'aie vingt ans, s'écria Jo en arrachant sa résille et en secouant ses longs cheveux bruns. Je déteste penser que je deviens grande, que bientôt on m'appellera Mlle March, que je porterai des robes longues et serai aussi raide qu'une reine-marguerite. C'est déjà bien assez désagréable d'être une fille alors que je n'aime que les jeux, le travail, les habitudes des garçons. Je le supporte d'autant plus mal, en ce moment, que je voudrais me battre aux côtés de papa. Tout ce que je peux faire c'est de rester à la maison à tricoter comme une vieille femme ! »

Et Jo secoua la chaussette militaire qu'elle tenait à la main. Les aiguilles sonnèrent comme des castagnettes et la pelote de laine bleue alla rouler à travers la pièce.

« Pauvre Jo ! C'est triste mais tu ne peux rien y changer. Tâche de te contenter d'avoir trouvé un diminutif masculin et d'être pour nous comme un frère », dit Beth en lui caressant la tête d'une main qui, malgré les dures tâches ménagères, restait douce.

« Quant à toi, Amy, poursuivit Meg, tu es affectée et prétentieuse. À ton âge, c'est plutôt drôle, mais si tu n'y prends garde tu deviendras une horrible petite pimbêche. J'apprécie tes bonnes manières, ta façon de parler raffinée, mais n'emploie pas de mots pompeux dont tu ne connais pas toujours le sens et qui sont aussi déplaisants que l'argot de Jo.

— Si Jo est un garçon manqué et Amy une petite pimbêche, que suis-je moi, s'il te plaît ? demanda Beth prête à prendre sa part du sermon.

— Tu es notre chérie et rien d'autre », répondit Meg avec chaleur.

Et personne ne la contredit, car Beth était la préférée de la famille.

Dehors, la neige de décembre tombait sans bruit. Les quatre sœurs tricotaient dans le salon à la faible lueur du crépuscule. Un feu crépitait gaiement dans la cheminée. La pièce était accueillante malgré son tapis usé et un mobilier très modeste. Il y avait une ou deux jolies gravures au mur, une bibliothèque bien garnie et, devant les fenêtres, des vases pleins de chrysanthèmes et de roses de Noël.

Margaret, l'aînée des quatre sœurs, avait seize ans. Elle était très jolie : des joues rondes au teint clair, de grands yeux, de beaux cheveux bruns, une bouche douce et de belles mains blanches dont elle était assez fière. Jo, quinze ans, était très grande, mince et brune. Elle faisait penser à un poulain ; car elle semblait ne jamais savoir que faire de ses longs membres. Elle avait une bouche décidée, un nez retroussé, des yeux gris qui voyaient tout et pouvaient tour à tour être coléreux, moqueurs ou pensifs. Sa seule beauté résidait dans ses longs cheveux épais qu'elle enfermait en général dans une résille pour ne pas en être embarrassée. Elle avait des épaules larges, de grandes mains, de grands pieds, une tenue assez négligée et l'air gauche d'une enfant qui se transforme en jeune fille – ce qui ne lui plaisait guère. Elisabeth – ou Beth comme on l'appelait – était une jolie fillette de treize ans, au teint rose, aux cheveux soyeux, aux yeux brillants, à la voix et aux manières timides. Son visage avait une expression de douceur qui la quittait rarement. Amy, la plus jeune, était une personne d'importance, du moins à ses propres yeux. On aurait dit une poupée de porcelaine, avec des yeux bleus, des cheveux blonds et bouclés sur ses épaules, une taille frêle. Elle se comportait toujours avec l'élégance d'une demoiselle bien élevée.

La pendule sonna six heures ; après avoir balayé le devant de la cheminée, Beth mit à chauffer une paire de pantoufles. La vue de ces pantoufles amena un sourire aux lèvres des sœurs. Leur mère allait rentrer et chacune se réjouissait de l'accueillir. Meg alluma la lampe, Amy se leva de son fauteuil sans en avoir été priée, Jo oublia sa fatigue pour tenir les pantoufles plus près de la flamme.

« Elles sont complètement usées. Il faut que maman en ait une nouvelle paire, dit Jo.

— Je pensais lui en acheter une avec mon dollar, dit Beth.

— Non, ce sera moi ! s'écria Amy.

— Je suis l'aînée », commença Meg.

Jo l'interrompit d'un ton décidé :

« Maintenant que papa est parti c'est moi l'homme de la maison et j'achèterai les pantoufles, car papa m'a dit de prendre soin de maman en son absence.

— Je vais vous dire ce que nous allons faire, dit Beth. Offrons-lui chacune un cadeau pour Noël au lieu de penser à nous.

— C'est bien toi, chère Beth ! Qu'allons-nous lui donner ? » s'exclama Jo.

Chacune réfléchit un instant. Puis, comme si l'idée lui avait été suggérée par ses jolies mains, Meg annonça :

« Je lui donnerai une belle paire de gants.

— Des souliers de l'armée, les meilleurs, s'écria Jo.

— Quelques mouchoirs tout ourlés, dit Beth.

— Je lui achèterai une petite bouteille d'eau de Cologne ; elle l'aime bien, cela ne coûte pas cher, et cela me laissera un peu d'argent pour acheter mes crayons, ajouta Amy.

— Comment lui offrirons-nous tout cela ? demanda Meg.

— Nous poserons nos cadeaux sur la table, nous la ferons entrer, et nous la regarderons ouvrir les paquets. Vous ne vous souvenez pas de ce que nous faisions avant pour les anniversaires ? répondit Jo.

— Moi, j'avais si peur quand c'était mon tour de m'asseoir dans le grand fauteuil, la couronne sur la tête et quand vous défiliez tous pour m'embrasser et me donner vos cadeaux ! J'étais ravie, mais c'était impressionnant de vous voir tous regarder pendant que j'ouvrais mes paquets, dit Beth, qui rôtissait son visage au feu, en même temps que les toasts pour le thé.

— Nous n'avons qu'à laisser penser à Maman que nous achetons nos propres cadeaux, et nous lui ferons la surprise. Nous devons aller faire nos courses demain après-midi, Meg, car il reste encore beaucoup à faire pour la pièce de Noël, dit Jo, qui arpentait le salon de long en large, les mains derrière le dos et le nez au vent.

— C'est la dernière fois que je jouerai, je deviens trop vieille pour cette sorte de choses, observa Meg, qui était restée une enfant pour les « déguisements ».

— Je sais que tu n'arrêteras pas, tant que tu pourras te promener en longue robe blanche, les cheveux dénoués, avec des bijoux de carton doré. Tu es notre meilleure actrice, et ce sera la fin de tout si tu quittes les planches, dit Jo. Il faut que nous répétions ce soir. Viens ici, Amy, et reprends la scène de l'évanouissement, car tu es raide là-dedans comme un manche à balai.

— Je ne peux pas faire autrement. Je n'ai jamais vu quelqu'un s'évanouir, et je n'ai pas envie de me faire des bleus partout en tombant à plat comme toi. Si je peux tomber sans mal, j'accepte, sinon je me laisserai gracieusement aller sur un fauteuil. Cela ne me fait rien si Hugo pointe un pistolet sur moi, répliqua Amy qui n'avait aucun don dramatique, mais qu'on avait choisie parce qu'elle était assez petite pour être emportée, hurlante, dans les bras du ravisseur de la pièce.

— Fais comme ça ; joins les mains, marche en chancelant à travers la pièce, et crie désespérément : « Au secours,

Rodrigue, sauve-moi ! » et Jo poussa un cri dramatique, vraiment impressionnant.

Amy s'exécuta, mais elle brandissait des bras raides, se déplaçait par saccades comme un automate, et son cri était moins celui de l'angoisse, que celui d'une personne qu'on vient de bourrer d'épingles. Jo grogna de désespoir, et Meg éclata de rire, tandis que Beth laissait brûler son toast, en regardant le spectacle avec intérêt.

« C'est inutile ! Fais de ton mieux le moment venu, et ne me rends pas responsable si les spectateurs rient. À toi, Meg. »

La suite se passa sans histoires, car Don Pedro lança, sans une seule défaillance, son défi au monde en un discours de deux pages. Hagar, la sorcière, psalmodia de façon saisissante sa terrible incantation au-dessus d'un plein chaudron de crapauds mijotants, Rodrigue brisa virilement ses chaînes, et Hugo mourut de remords et d'arsenic, avec un sauvage : Ha ! Ha !

« Nous n'avons jamais fait mieux, dit Meg, tandis que le traître mort se relevait, en se frottant les coudes.

— Je ne vois pas comment tu peux écrire et jouer des choses aussi magnifiques, Jo. Tu es un vrai Shakespeare ! s'exclama Beth, qui croyait sincèrement que ses sœurs étaient douées de génie en toutes choses.

— Pas tout à fait, répondit Jo avec modestie. Je pense vraiment que « La malédiction de la sorcière », tragédie-opéra, est plutôt réussie, mais j'aimerais monter « Macbeth », si seulement nous avions une trappe pour Banquo. J'ai toujours souhaité jouer la scène du meurtre.

— Est-ce là un poignard que je vois devant moi ? articula Jo d'une voix sombre, roulant des yeux et brassant l'air, comme elle l'avait vu faire à un célèbre tragédien.

— Non, c'est le soulier de maman, planté sur la fourchette à toast, au lieu du pain. Beth a la folie du théâtre », s'écria Meg, et la répétition s'acheva dans un éclat de rire général.

« Je suis bien contente de vous trouver si gaies », dit une voix joyeuse.

Toutes se retournèrent pour accueillir une grande femme au visage maternel. Ses yeux disaient : Que puis-je faire pour vous aider ? Vêtue sans recherche, c'était une femme pleine de noblesse et avec son manteau gris, son capuchon démodé, ses filles la trouvaient la mère la plus belle du monde.

« Eh bien, mes chéries, qu'avez-vous fait aujourd'hui ? J'ai eu tant de paquets à préparer pour demain que je n'ai pu revenir pour déjeuner. Y a-t-il eu des visites, Beth ? Comment va ton rhume, Meg ? Jo, tu as l'air horriblement fatiguée. Viens m'embrasser, Amy. »

Tout en posant ces questions, Mme March se débarrassait de ses vêtements mouillés, enfilait les pantoufles chaudes et s'asseyant, Amy sur ses genoux, se préparait à jouir du meilleur moment de sa journée si occupée. Meg disposa les tasses à thé, Jo apporta du bois, mit les chaises autour de la table non sans tout heurter, Beth s'affairait sans bruit entre le salon et la cuisine tandis qu'Amy, assise, les mains croisées, prodiguait ses conseils à tout le monde.

Comme elles se mettaient à table, Mme March annonça avec une expression joyeuse :

« J'ai une surprise. Je vous la garde pour après le dîner. »

Un bref sourire éclaira comme un rayon de soleil tous les visages. Beth battit des mains sans prêter attention au biscuit qu'elle tenait. Jo jeta sa serviette en l'air en criant :

« Une lettre ! Une lettre ! Trois hourras pour papa !

— Oui, une bonne et longue lettre. Il va bien et pense qu'il passera l'hiver mieux que nous ne le craignions. Il vous envoie toutes sortes de vœux tendres pour Noël et un message spécial pour vous, ses enfants, dit Mme March en caressant sa poche comme si elle avait contenu un trésor.

— Dépêchons-nous de finir de manger. Amy, ne lève pas le petit doigt quand tu tiens ta tasse, s'écria Jo qui, dans sa précipitation, se brûlait en buvant son thé trop chaud et laissait tomber son pain beurré sur le tapis.

— C'est si bien de la part de papa d'être parti comme aumônier alors qu'il avait passé l'âge d'être recruté, dit Meg avec enthousiasme.

— J'aurais tant voulu partir comme tambour ou… comment dit-on déjà ?… ah ! vivan… infirmière pour l'aider ! s'exclama Jo avec regret.

— Ce doit être bien désagréable de coucher sous la tente, de manger toutes sortes de mauvaises choses et de boire dans un gobelet d'étain, soupira Amy.

— Quand reviendra-t-il, petite mère ? demanda Beth avec un léger tremblement dans la voix.

— Pas avant plusieurs mois, ma chérie, à moins qu'il ne tombe malade. Maintenant, approchez-vous, je vais vous lire sa lettre. »

Elles se groupèrent toutes auprès du feu. Mme March assise dans le grand fauteuil, Beth à ses pieds, Meg et Amy perchées sur les bras du fauteuil, Jo debout derrière pour cacher ses larmes si la lettre était émouvante. Rares étaient les lettres qui, en ces temps durs, n'étaient pas émouvantes, surtout celles que les pères envoyaient à leurs familles. Dans celle-ci, M. March parlait peu des dangers qu'il affrontait, de sa souffrance d'être loin de chez lui ; il décrivait avec humour la vie du camp, les marches, donnait des nouvelles militaires. Seulement à la fin il laissait son cœur parler de son amour pour ses petites filles laissées chez lui, de son désir de les revoir. Il leur demandait de bien travailler, de devenir de véritables « petites femmes » dont il serait encore plus fier à son retour.

Lorsque leur mère eut achevé de lire ce passage, chacune reniflait. Jo n'avait pas honte de la grosse larme qui perlait au bout de son nez, Amy ne se souciait pas d'ébouriffer ses précieuses boucles en se cachant pour sangloter sur l'épaule de sa mère.

« Je suis une affreuse égoïste ! dit-elle, mais je tâcherai d'être meilleure afin qu'il ne soit pas déçu en me revoyant.

— Nous essaierons toutes de nous améliorer, s'écria Meg. Je suis beaucoup trop coquette, et je déteste travailler, je ferai un effort, si j'y parviens.

— Et moi j'essaierai d'être ce qu'il aime à appeler « une petite femme » ; je ne serai pas brusque et impatiente et je ferai mon devoir ici au lieu de toujours vouloir être ailleurs », dit Jo qui pensait que ne pas se mettre en colère était bien plus difficile que de combattre un ou deux rebelles dans le Sud.

Beth ne dit rien, mais elle essuya ses larmes avec la chaussette de l'armée et se mit à tricoter avec ardeur, prenant la résolution d'être tout ce que son père désirait qu'elle fût à son retour dans un an.

Mme March rompit le silence en conseillant à ses enfants de regarder le lendemain sous leur oreiller où chacune trouverait un guide pour devenir meilleure.

Pendant ce temps, la vieille Hannah avait débarrassé la table. Les quatre sœurs prirent leurs corbeilles à ouvrage et se mirent à ourler des draps pour leur tante March chez qui Jo servait de demoiselle de compagnie. C'était là une tâche ennuyeuse mais ce soir-là personne ne maugréa. Jo proposa de diviser les longs ourlets en quatre parties qu'elles nommèrent Europe, Asie, Afrique et Amérique. Ainsi le travail avança rapidement pendant qu'elles parlaient des pays qu'elles traversaient en cousant.

À neuf heures, elles plièrent leur ouvrage et chantèrent comme d'habitude avant d'aller se coucher. Beth avait une façon d'effleurer doucement les touches jaunies du vieux piano et c'était là un accompagnement bien agréable à leurs simples chants. Meg avait une voix de flûte et elle dirigeait avec sa mère le petit chœur. Amy crissait comme un criquet et Jo allait selon sa fantaisie, ce qui gâchait les passages les plus émouvants. La soirée se terminait toujours ainsi, car leur mère était une chanteuse-née. Le premier son le matin était sa voix ; elle allait et venait dans la maison chantant telle une alouette et le dernier son, le soir, était aussi celui de sa voix.

2

UN NOËL IMPRÉVU

À L'AUBE GRISE DE Noël, Jo se réveilla la première. Pas de bas suspendus à la cheminée et elle se sentit aussi déçue que lorsque, bien des années auparavant, sa chaussette était tombée parce qu'elle était trop chargée de bonbons et de jouets. Puis elle se rappela la promesse de sa mère et, glissant la main sous son oreiller, en sortit un petit livre rouge. Elle le connaissait très bien, car c'était la belle histoire de la plus édifiante des vies et Jo sentit que c'était là un vrai guide. Elle réveilla Meg par un « Joyeux Noël » et lui conseilla de regarder sous son oreiller. Un livre relié en vert apparut, avec la même image à l'intérieur et quelques mots écrits par leur mère, ce qui rendait ce présent très précieux à leurs yeux. Beth et Amy s'éveillèrent à leur tour et trouvèrent leurs petits livres – l'un relié en bleu, l'autre en gorge-de-pigeon. Elles s'assirent et les regardèrent, tandis que le ciel se teintait de rose.

Bien qu'un peu coquette, Meg avait une nature douce et pieuse qui influençait inconsciemment ses sœurs, surtout Jo qui l'aimait tendrement et lui obéissait parce qu'elle donnait gentiment ses conseils.

Elle ouvrit son nouveau livre et commença de lire. Jo passa un bras autour de ses épaules et joue contre joue se mit aussi à le parcourir. Dans la chambre à côté, Amy et Beth en faisaient autant. On n'entendit plus que le bruit des pages doucement tournées.

« Où est maman ? demanda Meg, une demi-heure plus tard, quand elles descendirent en courant pour remercier leur mère.

— Dieu seul le sait. C'est une pauvre créature qu'est venue mendier et vot'maman a couru tout droit voir ce dont ils avaient besoin. Vot'mère est trop bonne, elle donnerait sa chemise », répondit Hannah.

La vieille servante était chez les March depuis la naissance de Meg et tous la considéraient plus comme une amie que comme une domestique.

« Elle ne va pas tarder à rentrer ; faites vite les gâteaux afin que tout soit prêt », dit Meg en sortant le panier qu'elles avaient caché sous le sofa.

Elle examina les cadeaux destinés à leur mère.

« Tiens ! où est le flacon d'eau de Cologne d'Amy ? demanda-t-elle.

— Elle l'a emporté il y a une minute, sans doute pour l'entourer d'un ruban, répondit Jo qui virevoltait au milieu de la pièce pour assouplir les chaussons de l'armée qu'elle avait achetés pour sa mère.

— Comme mes mouchoirs de poche sont jolis, n'est-ce pas ? Hannah les a lavés et repassés et je les ai marqués moi-même, dit Beth en regardant les lettres plutôt irrégulières qui lui avaient coûté tant de travail.

— Oh ! regarde. Elle a mis Mère au lieu des initiales de maman. Comme c'est drôle ! s'écria Jo en en prenant un dans ses mains.

— Est-ce une bêtise ? fit Beth, troublée. J'avais pensé que cela valait mieux parce que Meg a les mêmes initiales et je veux que seule maman s'en serve.

— C'est parfait, ma chérie, dit Meg en coulant un regard vers Jo. Ton idée est excellente, maman sera ravie.

— Voilà maman, cache vite le panier », s'écria Jo en entendant un bruit de pas dans l'entrée.

C'était Amy. Elle parut très déconcertée de voir ses sœurs.

« Où es-tu allée et que caches-tu dans ton dos ? demanda Meg, surprise de voir que la paresseuse Amy était déjà sortie car elle portait encore son manteau et son capuchon.

— Ne te moque pas de moi, Jo ! Je ne voulais pas qu'on le sache jusqu'au dernier moment. J'ai changé la petite bouteille contre une grande et j'ai donné tout mon argent pour l'acheter. Je ne veux plus être égoïste. »

Et Amy montra la belle bouteille qui avait remplacé celle beaucoup plus modeste qu'elle avait mise la veille dans le panier. Elle avait l'air si humble que Meg la serra dans ses bras, Jo lui dit qu'elle était un trésor, et Beth courut à la fenêtre pour cueillir sa plus belle rose de Noël afin d'en décorer le flacon.

La porte de la rue claqua à nouveau. Le panier glissa sous le sofa, les sœurs étaient autour de la table quand leur mère entra.

« Joyeux Noël, maman. Et merci pour tes livres. Nous en avons lu un peu ce matin et nous le ferons tous les jours, s'écrièrent-elles en chœur.

— Joyeux Noël, mes chéries ! Je suis contente que vous ayez commencé tout de suite et j'espère que vous continuerez. Mais avant de nous mettre à table, je voudrais vous dire un mot. Tout près d'ici, il y a une pauvre femme avec un enfant nouveau-né. Les six autres sont blottis dans un lit pour ne pas geler, car il n'ont pas de feu. Ils n'ont rien à manger et le plus âgé des garçons est venu me dire ce matin qu'ils mouraient de faim et de froid. Voulez-vous donner votre petit déjeuner à ces malheureux en cadeau de Noël ? »

Elles avaient très faim, car elles attendaient leur mère depuis près d'une heure. Pendant une minute le silence régna, puis Jo s'écria avec son impétuosité habituelle :

« Quelle chance que tu sois revenue avant que nous ayons commencé !

— Est-ce que je peux t'aider à emporter tout cela chez ces gens ? demanda Beth.

— Je me charge de la crème et des galettes », ajouta Amy héroïquement, car c'était ce qu'elle préférait.

Meg couvrait déjà les crêpes chaudes d'un couvercle et empilait le pain dans une grande assiette.

« J'étais sûre de votre réponse, dit Mme March en souriant de satisfaction. Vous allez toutes venir avec moi et à notre retour nous prendrons du pain et du lait, ce qui nous permettra d'attendre le déjeuner. »

Par de petites rues désertes et misérables, elles arrivèrent dans une pauvre chambre nue, aux vitres brisées. Pas le moindre feu, les draps en loques, une mère malade, un bébé criant et des enfants pâles, affamés, essayant de se tenir chaud sous une mince couverture.

Les yeux s'ouvrirent tout grands, les lèvres bleuies par le froid sourirent quand les jeunes filles entrèrent.

« Ah ! doux Jésus ! Ce sont des anges qui viennent nous visiter ! dit la malheureuse, pleurant de joie.

« Ils n'ont rien à manger et le plus âgé des garçons est venu me dire ce matin qu'ils mouraient de faim et de froid. Voulez-vous donner votre petit déjeuner à ces malheureux en cadeau de Noël ? »

— De drôles d'anges en capuchons et en mitaines », dit Jo, et tous se mirent à rire.

Sans attendre, Hannah fit du feu avec du bois qu'elle avait apporté et colmata les vitres brisées avec de vieux chiffons et son propre manteau. Mme March fit du thé et une bouillie d'avoine pour la mère qu'elle réconforta en lui promettant de l'aider, et habilla le bébé aussi tendrement que s'il eût été le sien. Pendant ce temps, les filles avaient installé les enfants autour du feu et leur donnaient la becquée tout en riant et bavardant. Elles avaient peine à comprendre leur langage.

« Des anges ! » ne cessaient de répéter les petits à la très grande joie de Jo habituée dans son enfance à s'entendre appeler « petit diable ». Ce fut un joyeux petit déjeuner bien qu'elles n'en aient pas eu une miette et je ne pense pas que dans toute la ville on aurait trouvé des enfants plus gaies que les quatre sœurs affamées qui avaient renoncé à leur repas et allaient se contenter de pain et de lait en ce matin de Noël.

De retour à la maison, pendant que leur mère montait chercher des vêtements pour les petits Hummel, ses filles se hâtaient de disposer sur la table les présents qu'elles lui destinaient. Ce n'était pas grand-chose, mais ce peu contenait beaucoup d'amour et le grand vase de roses rouges et de chrysanthèmes blancs donnait à l'ensemble beaucoup de gaieté et d'élégance.

« Elle vient, s'écria Jo. Commence à jouer, Beth ! Ouvre la porte, Amy ! Trois hourras pour maman ! »

Beth joua une marche entraînante, Amy ouvrit la porte et Meg escorta sa mère jusqu'à la place d'honneur avec la plus grande dignité. Mme March se montra surprise et touchée ; les yeux humides de larmes, elle examina les présents, lut les petits mots qui les accompagnaient. Elle enfila immédiatement les pantoufles, glissa un mouchoir dans sa poche après l'avoir parfumé d'eau de Cologne, attacha la rose à son corsage et déclara que les gants que lui offrait Meg lui allaient à la perfection.

Il y eut beaucoup de rires, de baisers, de toute cette tendresse qui rendent les fêtes de famille si agréables et en font de si bons souvenirs. Puis tout le monde se mit au travail.

Les visites de charité et les cérémonies du matin prirent tant de temps que le reste de la journée se passa à la préparation des festivités du soir.

Trop pauvres pour se permettre de grandes dépenses, les quatre filles utilisaient leurs dons et fabriquaient – nécessité oblige – tout ce dont elles avaient besoin pour leurs représentations, avec beaucoup d'ingéniosité : guitares de carton, lampes anciennes faites de vieilles saucières recouvertes de papier d'argent, robes somptueuses de coton usé, scintillantes d'éclats de fer-blanc provenant d'une fabrique de cornichons, armure recouverte de pointes de diamant prises aux couvercles des boîtes de conserve. Le mobilier avait l'habitude de se retrouver sens dessus dessous, et la grande pièce servait de décor à bien des jeux innocents.

Aucun homme n'étant admis, Jo jouait les rôles masculins pour son plus vif plaisir, et portait avec satisfaction une paire de bottes de cuir fauve données par une amie. Ces bottes, plus un vieux fleuret, et un pourpoint à crevés, étaient les plus grands trésors de Jo, et apparaissaient en toutes occasions. Le nombre réduit d'acteurs obligeait les deux principaux à accepter plusieurs rôles. Et les deux aînées méritaient des éloges pour la peine qu'elles se donnaient d'apprendre trois ou quatre textes différents, et pour la dextérité avec laquelle elles alternaient les changements de costume et les passages sur scène. C'était un excellent exercice pour leur mémoire, et une distraction saine, remplissant bien des heures qui seraient restées oisives, solitaires, ou consacrées à des rencontres moins profitables.

Le soir de Noël, une douzaine de filles s'entassèrent sur le lit qui tenait lieu de premier balcon. Elles attendirent avec une impatience flatteuse l'ouverture des rideaux de perse jaune, derrière lesquels filtraient des murmures, des frous-frous, la fumée d'une lampe et le gloussement d'Amy qui devenait facilement hystérique dans l'émotion du moment. Puis une cloche sonna, les rideaux s'ouvrirent et la tragédie-opéra commença.

Le « bois sombre », annoncé par l'unique affiche de théâtre, était représenté par quelques arbustes en pots, du reps vert sur le sol et une caverne dans le lointain. La caverne avait pour toit un séchoir à linge et des bureaux pour murs. On y voyait un petit fourneau qui ronflait et une vieille sorcière penchée dessus. La scène était sombre, et le fourneau rougeoyant faisait son effet, surtout quand on vit de la vapeur sortir réellement de la bouilloire dont la sorcière avait levé le couvercle.

On laissa une minute aux spectateurs pour savourer cette vision, puis Hugo, le traître, entra à grands pas, la rapière traînante, le chapeau rabattu sur l'œil, la barbe noire, la cape mystérieuse, et les fameuses bottes aux pieds. Après avoir fiévreusement arpenté la scène, il se frappa le front, et, rempli d'une passion sauvage, se mit à chanter sa haine de Rodrigue, son amour pour Zara et sa plaisante résolution de tuer l'un et de conquérir l'autre. Les accents rauques de la voix d'Hugo, les cris qu'il lançait quand ses sentiments

Puis une cloche sonna, les rideaux s'ouvrirent et la tragédie-opéra commença.

le dominaient, impressionnaient beaucoup l'auditoire, qui l'applaudit quand il s'arrêta pour reprendre son souffle. Il s'inclina, de l'air de quelqu'un habitué à l'admiration du public, puis se glissa vers la caverne, et d'une voix forte, ordonna à Hagar de sortir.

« Holà, mignonne ! j'ai besoin de toi ! »

Vêtue d'une robe rouge et noire, d'un manteau couvert de signes cabalistiques, le visage encadré d'une longue crinière grise, Meg apparut, le bâton à la main. Hugo demanda un charme pour obtenir l'amour de Zara et un autre pour faire disparaître Rodrigue. Dans une belle envolée dramatique, Hagar promit les deux et chanta pour invoquer l'esprit qui accorderait le philtre d'amour.

Une douce musique se fit entendre, puis du fond de la caverne, sortit une petite silhouette habillée de blanc vaporeux, avec des ailes scintillantes, et une guirlande de roses sur ses cheveux d'or.

« Je viens à toi
De ma maison des airs.
Prends ce philtre magique,
Et uses-en bien,
Ou son pouvoir s'évanouira bientôt. »

Et, laissant tomber une petite bouteille dorée aux pieds de la sorcière, l'esprit disparut. Un nouveau chant de Hagar amena une nouvelle apparition – un vilain lutin noir – qui lança une bouteille sombre à Hugo et disparut avec un rire moqueur. Après s'être confondu en remerciements, Hugo partit, les précieuses fioles à l'abri dans ses bottes. Hagar informa alors le public qu'il avait tué jadis quelques-uns de ses amis, qu'elle l'avait maudit, et qu'elle avait l'intention de faire échouer ses plans pour se venger de lui. Le rideau tomba sur ce premier acte, et le public se reposa en mangeant des bonbons et en discutant des mérites de la pièce.

Les trois coups se prolongèrent avant le lever de rideau, mais quand on vit le décor, véritable chef-d'œuvre de charpente, personne ne se plaignit de ce long délai. C'était vraiment superbe ! Une tour se dressait jusqu'au ciel, avec, à mi-hauteur, une fenêtre à laquelle brûlait une lampe.

Derrière le rideau blanc parut, dans une ravissante robe bleu et argent, Zara, qui attendait Rodrigue. Il vint dans un magnifique attirail, chapeau à plume, cape rouge, boucles brunes, guitare, et bien sûr, les fameuses bottes. Il s'agenouilla au pied de l'escalier et chanta une sérénade aux tendres accents. Zara répondit, et après un dialogue en musique, consentit à s'enfuir avec lui. C'est là que se plaçait le grand effet de la pièce. Rodrigue sortit une échelle de corde à cinq marches, lança une extrémité, et invita Zara à descendre. Elle sortit timidement de derrière ses barreaux, posa la main sur l'épaule de Rodrigue, et allait sauter avec grâce, quand, « Hélas, hélas pour Zara », elle oublia sa traîne, qui se prit dans la fenêtre, la tour vacilla, se pencha, s'écrasa en tombant, et ensevelit les amoureux infortunés sous ses ruines !

Un cri général s'éleva, tandis que les bottes fauves se débattaient violemment pour se libérer des décombres. Une tête blonde émergea, et une voix s'exclama : « Je te l'avais bien dit ! Je te l'avais bien dit ! »

Avec une merveilleuse présence d'esprit, Don Pedro, le père cruel, traîna sa fille hors de là, et ajouta, en rapide aparté :

« Ne ris pas ! Joue comme si tout allait bien ! »

Puis, courroucé et méprisant, il ordonna à Rodrigue de se lever, et le bannit du royaume. Secoué par la chute de la tour, Rodrigue n'en défia pas moins le vieux monsieur, et refusa de bouger. Cette attitude indomptable enflamma Zara, qui défia elle aussi son père. Il ordonna qu'on les enferme tous les deux dans les oubliettes du château. Un homme de sa suite, petit et robuste, entra avec des chaînes, l'air très effrayé, et les emmena, ayant visiblement oublié les paroles qu'il aurait dû prononcer.

L'acte trois se passe dans la grande salle du château. Hagar arrive pour libérer les amoureux et en finir avec Hugo. Elle l'entend venir, se cache, et le voit verser les potions dans deux coupes de vin. Il ordonne au petit serviteur timide : « Porte-les aux captifs dans leur cellule, et dis-leur que je reviens à l'instant. » Le serviteur prend Hugo à part pour lui dire un mot à l'oreille. Hagar en profite pour échanger les coupes avec deux autres, inoffensives celles-là. Ferdinand, le « mignon », les emporte, et Hagar replace la coupe contenant le poison destiné à Rodrigue. Assoiffé après de longs discours, Hugo la boit, perd conscience, et, après s'être longtemps débattu, tombe et meurt, tandis qu'Hagar lui apprend ce qu'elle a fait par une chanson mélodieuse et touchante. C'était là une scène vraiment palpitante, même si on avait pu penser qu'une longue chevelure soudain dénouée gâtait quelque peu l'effet de la mort du traître.

On le rappela devant le rideau, et il vint, très digne, tenant par la main Hagar, dont la voix paraissait encore plus merveilleuse que tout l'ensemble du spectacle.

L'acte quatre montra un Rodrigue désespéré, prêt à se poignarder devant l'inconstance de Zara qu'on lui avait rapportée. Au dernier moment, un chant exquis résonne sous sa fenêtre et lui apprend que Zara est fidèle, qu'elle est en danger et qu'il peut la sauver s'il le veut. Une clef lui est lancée, qui ouvre la porte. Au comble du ravissement, il arrache ses chaînes, et se précipite pour sauver la dame de ses pensées.

L'acte cinq s'ouvrait sur une scène orageuse entre Zara et Don Pedro. Il veut la faire entrer dans un couvent, mais elle ne veut rien entendre. Après un appel touchant, elle est sur le point de s'évanouir quand Rodrigue surgit et demande sa main. Don Pedro refuse parce qu'il est pauvre. Ils crient et gesticulent terriblement, mais ne peuvent se mettre d'accord, et Rodrigue va emporter Zara épuisée, quand le serviteur timide entre, avec une lettre et un sac venant d'Hagar, qui a mystérieusement disparu. On apprend qu'elle lègue une fortune inconnue au jeune couple, et promet un destin affreux à Don Pedro s'il ne les rend pas heureux. Le sac ouvert, une avalanche de pièces de fer-blanc s'abattent sur la scène, ennoblies par le scintillement des lumières. Cela radoucit totalement le « père intraitable ». Il consent sans murmurer, tous s'unissent dans un joyeux chœur final, et le rideau tombe sur les amoureux agenouillés pour recevoir la bénédiction de Don Pedro dans des attitudes romantiques pleines de grâce.

Les tumultueux applaudissements qui suivirent furent brutalement interrompus car le lit qui servait de premier balcon se replia brusquement et éteignit l'enthousiasme de l'assistance. Rodrigue et Don Pedro volèrent à son secours, et toutes s'en tirèrent sans dommage, même si plusieurs d'entre elles restèrent sans voix à force de rire. L'excitation était à peine calmée, qu'Hannah parut, présenta « les compliments de madame March, et pria ces dames de passer à table ».

C'était une surprise, même pour les acteurs qui se regardèrent pleins d'une stupéfaction émerveillée. C'était bien de Maman de leur préparer une telle gâterie ; mais depuis leurs revers de fortune, elles n'avaient jamais rien vu d'aussi beau. Il y avait une glace – deux même, une rose et une blanche – des gâteaux, des fruits, des bonbons et, au milieu de la table, quatre grands bouquets de fleurs de serre.

Elles en eurent le souffle coupé ; elles regardaient tour à tour la table et leur mère qui paraissait se réjouir beaucoup.

« Est-ce que ce sont les fées ? demanda Amy.

— C'est le Père Noël, dit Beth.

— Ou plutôt maman, fit Meg.

— Tante March a eu un bon mouvement et nous a envoyé tout cela, fit Jo prise d'une soudaine inspiration.

— Vous vous trompez. C'est le vieux monsieur Laurence, répondit Mme March.

— Le grand-père du petit Laurence ! Qu'est-ce qui lui a mis cette idée dans la tête ? Nous ne le connaissons pas.

— Hannah a parlé à un de ses serviteurs de votre petit déjeuner. C'est un vieux monsieur un peu bizarre, mais cela lui a plu. Il connaissait mon père autrefois ; et il m'a envoyé un mot très courtois pour me dire qu'il espérait que je lui permettrais d'exprimer ses amitiés envers mes enfants en leur envoyant quelques gâteries en l'honneur de Noël. Je ne pouvais pas refuser, et c'est ainsi que vous allez avoir ce soir une petite fête pour compenser votre déjeuner de pain et de lait.

— C'est son petit-fils qui lui a mis cela dans la tête, j'en suis sûre, dit Jo. C'est un garçon épatant et j'aimerais faire sa connaissance. Il a l'air d'en avoir envie aussi, mais il est timide. Meg est si collet monté qu'elle ne me permet pas de lui parler quand nous le rencontrons. Un jour, notre chat s'est sauvé, il nous l'a rapporté, nous avons bavardé par-dessus la barrière, et nous nous sommes tout de suite entendus – sur le cricket et tout le reste. Puis Meg est arrivée, alors il s'est sauvé. Je voudrais bien le voir ; il a besoin de gaieté, j'en suis sûre, poursuivit Jo d'un ton décidé.

— Il me semble très bien élevé, répondit Mme March. Je n'ai aucune objection à ce que tu le voies si l'occasion s'en présente. C'est lui qui a apporté les fleurs. Si j'avais été sûre de ce qui se passait là-haut, je lui aurais demandé d'entrer. En vous entendant rire, il avait l'air triste de devoir s'en aller.

— Heureusement que tu ne l'as pas fait, dit Jo en riant.

— Je n'ai jamais vu un aussi joli bouquet, dit Meg, en contemplant les fleurs avec un vif intérêt.

— Il est ravissant, mais les roses de Beth me plaisent plus encore », fit Mme March en respirant la fleur à demi fanée épinglée à son corsage.

Beth se blottit contre elle et murmura doucement :

« J'aimerais envoyer mon bouquet à papa. J'ai bien peur qu'il n'ait pas un aussi joyeux Noël que nous. »

3

LE JEUNE LAURENCE

⁂

« JO, OÙ ES-TU ? cria Meg au bas de l'escalier.

— Ici ! » répondit une voix rauque en provenance du grenier.

Meg trouva sa sœur en train de croquer une pomme tout en pleurant sur un livre qu'elle lisait. Elle était enveloppée dans une pèlerine et étendue au soleil, près de la fenêtre, sur un sofa à trois pieds. C'était son refuge favori, elle aimait s'y retirer avec une demi-douzaine de reinettes, un bon livre et un ami assez particulier qui vivait tout près et ne semblait pas du tout s'inquiéter de sa présence. C'était un rat, baptisé Raton par Jo et qui fila dans son trou à l'arrivée de Meg. Jo essuya les larmes qui lui brouillaient la vue et attendit ce que Meg voulait lui dire.

« Regarde un peu, Jo, dit-elle. Mme Gardiner nous envoie une invitation pour demain soir ! »

Et, ravie, elle lui lut le précieux carton.

« Madame Gardiner prie Mlle Margaret et Mlle Joséphine March à la soirée dansante qu'elle donnera la veille du Jour de l'An. »

« Maman nous permet d'y aller, Jo, mais qu'allons-nous mettre ?

— À quoi bon le demander ? Tu le sais bien. Nos robes de popeline puisque nous n'en avons pas d'autres, répondit Jo, la bouche pleine.

— Si seulement j'avais une robe de soie ! soupira Meg. Maman a dit que j'en aurai peut-être une quand j'aurai dix-huit ans. C'est long, deux ans à attendre.

— Je suis sûre que nos robes de popeline ont l'air d'être en soie et elles nous suffisent. La tienne est comme neuve, mais, j'y pense, la mienne est déchirée et brûlée. Qu'est-ce que je vais faire ? La brûlure se voit beaucoup et il est impossible de la supprimer.

— Tu resteras assise, le dos tourné au mur ; le devant est impeccable. Je mettrai un nouveau ruban dans mes cheveux et maman me prêtera sa petite épingle avec une perle. Mes nouvelles chaussures sont ravissantes et mes gants iront.

— Les miens sont tachés de citronnade, mais comme je ne peux en avoir d'autres, je m'en passerai, dit Jo, qui ne se tracassait jamais beaucoup pour sa toilette.

— Il faut que tu aies des gants ou je ne vais pas avec toi, s'écria Meg, d'un ton sans réplique, les gants sont plus importants que tout le reste ; j'aurais honte si tu n'en avais pas.

— Eh bien, je resterai où je suis !

— Tu ne peux pas en demander des neufs à maman, ils sont trop chers, et tu es si peu soigneuse. Quand tu as abîmé ceux-ci cet hiver, elle a dit que tu n'en aurais pas d'autres. Est-ce qu'ils ne peuvent vraiment aller ?

— Je peux les tenir froissés dans ma main, et personne ne verra qu'ils sont tachés ; c'est tout ce que je peux faire ! Non, je vais te dire comment nous allons nous en tirer. Chacune en portera un bon et un mauvais, tu comprends ?

— Tes mains sont plus grandes que les miennes et tu vas les étirer horriblement, commença Meg, qui tenait beaucoup à ses gants.

— Eh bien, je m'en passerai. Je me moque de ce qu'on peut penser de moi, s'écria Jo en reprenant son livre.

— Attends, je vais te le prêter, bien sûr ! Mais ne le tache pas, et tiens-toi bien. Ne cache pas tes mains derrière ton dos, ne dévisage pas les gens, et ne te mets pas à crier : « Nom d'une pipe ! » C'est promis ?

— Ne t'inquiète pas. Je serai aussi correcte que possible et je ne ferai pas de bêtises. Maintenant va répondre à l'invitation, et laisse-moi finir cette histoire merveilleuse. »

Meg descendit pour « accepter avec ses remerciements » l'invitation, passer en revue sa robe et chanter en recousant son unique col de vraie dentelle tandis que Jo finissait son histoire, ses quatre pommes et s'amusait avec Raton.

La veille du Jour de l'An, le salon resta désert. Beth et Amy jouèrent les femmes de chambre auprès de leurs sœurs. Toutes étaient absorbées. Cela n'allait pas sans rires et discussion. Soudain, une forte odeur de cheveux brûlés envahit la maison. Meg ayant désiré quelques boucles autour de son visage, Jo avait entrepris de passer ses papillotes au fer à friser.

« Est-ce qu'il faut qu'ils sentent comme cela ? demanda Beth.

— C'est l'humidité qui est en train de sécher, rassura Jo.

— Quelle drôle d'odeur de cochon roussi, observa Amy lissant ses jolies boucles avec un petit air supérieur.

— Voilà ! Je vais enlever les papiers et tu vas voir un nuage de bouclettes », fit Jo en écartant les fers à friser.

Elle les enleva, mais hélas ! aucune bouclette n'apparut. Les cheveux restèrent avec les papillotes et l'artiste coiffeur posa avec stupeur devant sa victime une rangée de papiers carbonisés.

« Mon Dieu ! Qu'as-tu fait ? Je suis horrible. Je ne peux plus aller à la soirée. Mes cheveux, oh ! mes cheveux ! gémit Meg en regardant avec désespoir les frisettes inégales qui lui retombaient sur le front.

— C'est bien ma chance ! Tu n'aurais pas dû me demander de te friser. Je rate tout ce que j'entreprends. Je suis navrée. Les fers étaient trop chauds, balbutia Jo, les joues ruisselantes de larmes.

— Mais non, rien n'est gâché ; ramène tes cheveux en avant et noue ton ruban sur ton front. Tu auras l'air à la dernière mode. J'ai vu beaucoup de filles coiffées comme cela, dit Amy pour consoler sa sœur.

— Voilà qui m'apprendra à vouloir être belle. J'aurais mieux fait de laisser mes cheveux tels qu'ils étaient, s'écria Meg avec impatience.

— Oui, ils étaient si doux et si jolis. Mais ils repousseront très vite », dit Beth en embrassant sa sœur.

Après quelques autres mésaventures moins graves, Meg fut prête et, grâce aux efforts conjugués de toute la famille, Jo réussit à être coiffée et habillée. Elles étaient charmantes dans leur simplicité. Meg avait une robe de popeline gris argent avec une ceinture de velours bleu, un col et des manchettes de dentelle et l'épingle avec une perle de sa mère ; Jo avait revêtu une robe noisette ornée d'un petit col de linon raide, assez masculin, et pour seul ornement un chrysanthème blanc. Les souliers à hauts talons de Meg étaient trop étroits et la faisaient souffrir mais elle ne voulait pas l'avouer. Quant à Jo, les dix-neuf épingles qui retenaient ses cheveux lui semblaient toutes enfoncées dans son crâne. Il faut souffrir pour être belle !

« Amusez-vous bien, mes chéries, dit Mme March. Ne mangez pas trop au souper et revenez à onze heures quand j'enverrai Hannah vous chercher. »

Comme la porte retombait derrière elles, une voix cria d'une fenêtre :

« Mes enfants, mes enfants, avez-vous pris de jolis mouchoirs ?

— Oui, oui, superbes, et Meg a mis de l'eau de Cologne sur le sien », s'écria Jo.

Puis elles partirent et Jo ajouta en riant :

« Je crois vraiment que maman nous poserait cette question au milieu d'un tremblement de terre.

— Cela fait partie de ses façons aristocratiques, et c'est bien normal, car on reconnaît toujours une vraie dame à ses chaussures, ses gants et son mouchoir », répliqua Meg, qui partageait elle aussi les goûts de sa mère à ce sujet.

En arrivant chez Mme Gardiner, Meg demanda à sa sœur :

« Est-ce que mes cheveux ne sont pas trop vilains ? »

Jo la rassura.

« N'oublie pas, reprit Meg, de dissimuler la brûlure de ta robe.

— Oh ! Je suis sûre de l'oublier. Si tu me vois faire quelque chose d'incorrect, fais-moi un clin d'œil, veux-tu ? dit Jo en redressant son col.

— Ah ! non, ce ne serait pas du tout distingué. Je froncerai les sourcils si quelque chose ne va pas et j'inclinerai la tête si tout va bien. Maintenant, tiens-toi droite, marche à petits pas et ne donne pas de poignée de main aux gens qu'on te présentera ; cela ne se fait pas.

— Comment arrives-tu à retenir tout ce qui est distingué ? Moi, je n'y réussirai jamais. Comme cette musique est gaie ! »

Les deux sœurs sortaient rarement et si simple que fût cette réception elles se sentaient intimidées. La vieille et élégante Mme Gardiner les accueillit gentiment et les confia à l'aînée de ses six filles. Meg connaissait Sallie et fut bientôt à son aise ; mais Jo qui ne se souciait guère des filles et de leurs bavardages resta le dos soigneusement collé au mur et se sentait aussi peu à sa place qu'un poulain dans un jardin de fleurs.

Dans un coin de la salle, une demi-douzaine de jeunes gens parlaient avec animation de patinage. Elle aurait bien voulu les rejoindre car elle adorait patiner. Elle télégraphia son désir à Meg mais celle-ci fronça les sourcils et Jo n'osa pas bouger. Personne ne vint lui parler et bientôt elle resta seule. Elle ne pouvait pas se promener et s'amuser, de crainte qu'on ne vît sa robe brûlée, aussi regardait-elle d'un air un peu triste les autres danser. Meg fut aussitôt invitée et les souliers étroits glissaient si légèrement sur le parquet que nul n'aurait deviné la souffrance qu'elle endurait, le sourire aux lèvres. Jo vit un gros jeune homme roux s'approcher de son coin. Craignant qu'il ne vînt l'inviter, elle se glissa dans l'embrasure d'une fenêtre d'où elle pouvait regarder et se distraire en paix. Malheureusement, une autre personne timide avait choisi le même refuge et quand le rideau retomba sur elle, elle se trouva nez à nez avec le « jeune Laurence ».

« Seigneur ! Je ne me doutais pas qu'il y eut quelqu'un ici ! » bégaya Jo, se préparant à reculer aussi vite qu'elle avait avancé.

Le jeune garçon se mit à rire et quoique un peu surpris lui dit :

« Ne faites pas attention à moi, restez si vous en avez envie.

— Est-ce que je vous dérange ?

— Pas le moins du monde ; je suis venu là parce que je ne connais pas grand monde et me sentais un peu dépaysé, vous savez.

— Moi aussi. Ne partez pas, je vous en prie, à moins que vous n'y teniez. »

Le jeune garçon se rassit et regarda ses souliers. Jo voulut être aimable.

« Je crois avoir déjà eu le plaisir de vous rencontrer ; vous habitez tout près de nous ?

— La porte à côté », dit-il en riant de bon cœur, car Jo lui paraissait bien cérémonieuse après la conversation qu'ils avaient eue quand il avait rapporté le chat.

Jo se mit à rire aussi et tout à fait à son aise lui dit :

« Quel merveilleux cadeau de Noël vous nous avez envoyé.

— C'est grand-père.

— Oui, mais l'idée vient de vous, n'est-ce pas ?

— Comment se porte votre chat, mademoiselle March ? demanda le jeune garçon en essayant de prendre un air sérieux, sans parvenir à cacher la gaieté qui brillait dans ses yeux noirs.

— Très bien, merci, monsieur Laurence, mais ne me dites pas Mlle March, appelez-moi simplement Jo.

— Et moi je ne suis pas M. Laurence, mais simplement Laurie.

— Laurie Laurence, cela fait tout drôle.

— Mon prénom est Théodore mais je ne l'aime pas parce que mes camarades s'en moquaient, ils me surnommaient Dora. Alors je les ai obligés à m'appeler Laurie.

— Je déteste mon nom aussi – il n'est pas simple, trop digne ! Je voudrais que tout le monde m'appelle Jo, au lieu de Joséphine. Comment avez-vous amené les garçons à cesser de vous appeler Dora ?

— Je me suis battu avec eux.

— Je ne peux pas me battre avec ma tante March, aussi je suppose que je dois le supporter », fit Jo avec un soupir. Puis elle reprit : « Est-ce que vous aimez les soirées ?

— Quelquefois ; mais j'ai été à l'étranger pendant de nombreuses années et ne sais pas très bien comment on se comporte ici.

— À l'étranger ! s'écria Jo. Oh ! parlez-moi un peu de vos voyages, j'adore cela. »

Laurie ne semblait pas savoir par où commencer ; mais avec l'aide des questions de Jo, il lui raconta son séjour en Suisse, ses promenades en bateau sur le lac, ses randonnées dans les montagnes avec les professeurs.

« Oh ! Comme je voudrais avoir été dans votre collège ! s'écria Jo. Et êtes-vous allé à Paris ?

— Nous y avons passé l'hiver dernier.

— Vous parlez français ?

— À Vevey, en Suisse, nous n'avions pas le droit de parler une autre langue.

— Dites-moi quelque chose en français. Je peux le lire mais pas le parler.

— *Quel nom a cette jeune demoiselle en les pantoufles jolies ?*[1]

---

1. En français dans le texte.

— Oh ! Comme vous parlez bien. Vous avez dit « qui est cette jeune fille aux jolis souliers », n'est-ce pas ?

— *Oui, mademoiselle.*

— C'est ma sœur Margaret et vous le saviez. La trouvez-vous jolie ?

— Oui, elle me rappelle les jeunes Allemandes ; elle est fraîche et calme et elle danse fort bien. »

Jo se promit de répéter ce compliment à sa sœur. Bientôt les deux jeunes gens bavardaient comme de vieilles connaissances. Jo avait oublié sa robe et personne ne levait les sourcils. Elle appréciait de plus en plus son voisin et elle le regarda très attentivement à plusieurs reprises pour bien le décrire à ses sœurs ; elles n'avaient pas de frères, très peu de cousins, et les garçons étaient pour elles des créatures presque inconnues.

« Des cheveux noirs bouclés, un teint brun, de grands yeux noirs, un joli nez, de belles dents, des mains fines, des petits pieds, plus grand que moi, très poli pour un garçon et dans l'ensemble très gai. Quel âge peut-il avoir ? »

La langue la démangeait de poser la question, mais elle se retint à temps et, avec un tact peu habituel chez elle, elle essaya de trouver un autre moyen de le savoir.

« Je suppose que vous irez bientôt à l'université ? Je vous vois toujours le nez fourré dans vos livres – je veux dire en train de travailler. »

Jo rougit car ce n'était pas très distingué ce fâcheux « le nez fourré » qui lui avait échappé.

Laurie sourit, mais ne sembla pas choqué. Il haussa les épaules.

« Pas avant un ou deux ans, je n'irai certainement pas avant d'avoir dix-sept ans.

— Vous n'en avez que quinze ? demanda Jo qui trouvait Laurie très grand et lui en avait donné dix-sept.

— Seize ans, le mois prochain.

— Comme je voudrais aller à l'université ! Cette perspective n'a pas l'air de vous enchanter.

— Pas du tout ! Je n'aime pas la manière d'étudier d'ici.

— Qu'aimeriez-vous ?

— Vivre en Italie et m'amuser comme je l'entends. »

Jo aurait bien voulu savoir ce qu'il appelait s'amuser ; mais les sourcils noirs de Laurie s'étaient froncés, aussi changea-t-elle de sujet et dit en battant la mesure avec son pied :

« Ce piano joue merveilleusement. Pourquoi n'allez-vous pas danser ?

— Avec vous, si vous acceptez, répondit-il en s'inclinant galamment.

— Je ne peux pas ; j'ai promis à Meg de ne pas le faire parce que… »

Elle s'arrêta ne sachant si elle devait continuer ou rire.

« Parce que quoi ? demanda Laurie, intrigué.

— Vous ne le direz pas ?

— Jamais

— Eh bien, j'ai la mauvaise habitude de me tenir le dos au feu et de brûler le bas de mes robes ; celle-ci l'a été. On l'a raccommodée, mais cela se voit quand même et Meg m'a enjoint de ne pas bouger de la soirée pour que personne ne s'en aperçoive. Vous pouvez rire vous savez ; c'est drôle, je le sais. »

Mais Laurie ne rit pas ; il baissa les yeux une minute et l'expression de sa figure étonna Jo quand il dit très gentiment :

« Cela n'a aucune importance ; venez, je vous en prie. »

« Cela n'a aucune importance ; venez, je vous en prie. »

Jo le remercia et le suivit avec joie. La vue des beaux gants couleur perle de son partenaire lui fit regretter de ne pas en avoir d'autres. Lorsque la musique s'arrêta, ils s'assirent. Laurie lui racontait un festival de collégiens à Heidelberg quand Meg apparut et fit signe à sa sœur de venir. Jo la suivit à regret dans un boudoir où Meg s'allongea sur un sofa, toute pâle, se tenant le pied.

« Je me suis foulé la cheville à cause de mes talons. J'ai si mal que je peux à peine tenir debout. Comment vais-je retourner à la maison ? gémit-elle en se tordant de douleur.

— J'étais sûre qu'il t'arriverait malheur avec ces stupides souliers. Mais que pouvons-nous faire sinon prendre une voiture de louage ou rester toute la nuit ici, répondit Jo en frottant doucement la cheville de sa sœur :

— Un fiacre coûterait trop cher. Et d'ailleurs nous n'en trouverions pas. Les invités sont venus ici dans leur propre voiture.

— Je peux aller à une station de fiacres.

— Non, c'est impossible. Elles sont trop loin. Il est plus de neuf heures et il fait noir comme dans un four. Je ne peux pas rester ici, la maison est pleine. Je vais me reposer jusqu'à ce que Hannah arrive, ensuite je ferai de mon mieux.

— Je vais demander à Laurie. Il ira sûrement chercher un fiacre, dit Jo, soulagée à cette idée subite.

— Miséricorde, non ! Ne demande rien à personne. Cache-moi ces souliers. Je ne peux plus danser. Guette Hannah et préviens-moi dès qu'elle arrivera.

— C'est l'heure du souper dans la salle à manger. Je préfère rester avec toi.

— Non, ma chérie, cours me chercher un peu de café. Je me sens si fatiguée. Je peux à peine remuer. »

Jo partit à la recherche de la salle à manger et finit par la trouver, après être entrée (par erreur) dans un cabinet de porcelaines et dans une pièce où le vieux monsieur Gardiner prenait une petite collation en privé. Elle se précipita vers une table, prit une tasse de café, qu'elle renversa immédiatement, rendant le devant de sa robe aussi peu présentable que le dos.

« Oh ! Seigneur ! Quelle maladroite je suis ! s'exclama Jo.

— Puis-je vous aider ? » demanda une voix amicale.

Et Laurie apparut à côté d'elle une tasse dans une main, une glace dans l'autre.

« Je voulais porter quelque chose à Meg qui est très fatiguée. On m'a heurtée au passage et voyez dans quel joli état je suis, répondit Jo, jetant un regard lugubre à sa jupe tachée et à son gant couleur café.

— Quel dommage ! Je cherchais quelqu'un à qui offrir cela. Puis-je le porter à votre sœur ?

— Oh ! oui, merci. Je vais vous montrer où elle est. Je ne vous offre pas de m'en charger, je commettrais une nouvelle maladresse. »

Jo le conduisit auprès de sa sœur ; Laurie approcha une petite table, apporta deux autres tasses de café et deux autres glaces pour lui-même et pour Jo et se montra si obligeant que Meg, pourtant difficile, déclara qu'il était un « charmant garçon ». Ils se régalèrent de bonbons et autres friandises et jouaient avec deux ou trois autres jeunes à un jeu de société quand Hannah entra. Meg oublia son pied et se leva si vivement qu'elle ne put retenir un cri de douleur et fut forcée de s'appuyer sur Jo pour ne pas tomber.

« Chut ! Ne dites rien, dit-elle. Je me suis tordu la cheville, c'est tout. »

Hannah gronda, Meg pleura et Jo résolut de prendre la situation en main. Elle partit à la recherche d'un domestique et lui demanda de trouver un fiacre. C'était un extra qui ne connaissait pas la grande ville. Jo cherchait à qui s'adresser quand Laurie qui l'avait entendue lui offrit de les ramener dans la voiture de son grand-père.

« Il est trop tôt ! Vous ne voulez certainement pas vous en aller déjà ? dit Jo soulagée mais hésitant à accepter sa proposition.

— Je m'en vais toujours de bonne heure. Vraiment, je vous en prie, laissez-moi vous ramener chez vous. C'est sur mon chemin, vous savez, assura-t-il en riant, et il pleut paraît-il. »

La question ainsi réglée, Jo courut chercher Meg et Hannah. Celle-ci détestait la pluie autant que les chats, aussi ne fit-elle aucune objection et elles montèrent dans l'élégante calèche. Laurie prit place à côté du cocher afin que Meg pût étendre sa jambe et les jeunes filles parlèrent en toute liberté de leur soirée.

« Je me suis follement amusée, et toi ? demanda Jo en ébouriffant ses cheveux et en s'installant confortablement.

— Oui, jusqu'à ce que je me sois fait mal. Annie Moffat, l'amie de Sallie, s'est prise d'amitié pour moi. Elle m'a invitée à passer une semaine chez elle au printemps avec Sallie. C'est la saison de l'opéra. Ce sera magnifique si maman me permet d'y aller, répondit Meg, toute revigorée à cette pensée.

— Je t'ai vue danser avec ce jeune homme roux qui m'a fait fuir. Était-il gentil ?

— Oh ! très. Il n'est pas roux mais châtain clair. Et il est très poli.

— Il ressemblait à une sauterelle prise de folie. Laurie et moi nous n'avons pas pu nous empêcher de rire. Est-ce que vous nous avez entendus ?

— Non, mais c'était très mal élevé. Que faisais-tu cachée tout ce temps-là ? »

Jo lui raconta ses aventures. En quelques minutes, elles étaient arrivées chez elles. Après avoir vivement remercié Laurie, elles lui dirent bonsoir et se glissèrent dans la maison, espérant ne réveiller personne. À peine la porte de la chambre avait-elle grincé que deux petites têtes surgissaient et deux voix ensommeillées criaient :

« Racontez-nous la soirée ! Racontez-nous la soirée ! »

Jo avait mis de côté quelques bonbons pour les petites, ce que Meg taxa « d'absolu manque de bonnes manières ». Après un récit des événements les plus marquants de cette soirée, les petites se rendormirent.

« J'ai vraiment l'impression d'être une grande dame. Je reviens d'une soirée en calèche et me fais servir par une femme de chambre, déclara Meg pendant que Jo lui frictionnait le pied et lui brossait les cheveux.

— Je ne crois pas que les belles jeunes dames s'amusent autant que nous, en dépit de nos cheveux brûlés, de nos vieilles robes, de nos gants dépareillés, des souliers trop étroits qui nous donnent des entorses quand nous sommes assez sottes pour les porter. »

Et je pense que Jo avait raison.

4

TOUT N'EST PAS ROSE

⁂

« Oh ! C'est dur de reprendre le travail ! » soupira Meg le lendemain matin.

Les vacances de Noël étaient finies et une semaine de fête ne la disposait guère à se remettre à une tâche qu'elle n'aimait pas.

« Je voudrais que ce soit Noël ou le Nouvel An toute l'année, s'écria Jo, en bâillant tristement.

— Nous ne nous amuserions peut-être pas autant que nous le faisons. Mais c'est bien agréable d'avoir des petits soupers, des bouquets, d'aller à des réceptions, de revenir en calèche, de lire, de se reposer et de ne pas travailler. C'est comme cela que vivent d'autres filles, et je les envie. J'aime le luxe, que veux-tu, déclara Meg, tout en essayant de voir laquelle de ses deux robes usées l'était le moins.

— Bah ! Puisque nous ne le pouvons pas, ne grognons pas. Supportons notre fardeau aussi gaiement que maman. Notre chère tante March à laquelle je dois tenir compagnie me pèse fort, je l'avoue, mais je suppose que lorsque j'aurai appris à la supporter sans me plaindre elle deviendra si légère que je n'y ferai plus attention. »

Cette idée amusa Jo et la mit de bonne humeur, mais pas Meg. Son fardeau à elle consistait à s'occuper des King, quatre enfants gâtés, et il lui semblait de plus en plus lourd. Elle n'eut même pas le cœur à se faire belle, elle pourtant si coquette.

Meg descendit l'air boudeur et fit peu d'efforts pendant le petit déjeuner. Toutes semblaient maussades. Beth avait mal à la tête et, étendue sur le sofa, essayait de se réconforter en jouant avec la chatte et ses trois chatons. Amy s'irritait parce qu'elle ne savait pas ses leçons et ne trouvait pas ses bottes ; Jo sifflait et bousculait tout ce qu'elle touchait ; Mme March essayait d'écrire une lettre qui devait partir au premier courrier, et Hannah maugréait parce que les veillées tardives la fatiguaient.

« Je n'ai jamais vu une famille aussi désagréable ! s'écria Jo perdant patience parce qu'elle avait renversé un encrier, cassé deux lacets et s'était assise sur son chapeau.

— Et toi, tu es la plus désagréable de toutes ! répliqua Amy en effaçant avec ses larmes sur son ardoise une opération fausse.

— Beth, si tu ne mets pas ces horribles chats dans la cave je vais les noyer », s'écria Meg, furieuse en essayant de se débarrasser d'un chaton qui avait grimpé sur son dos, hors d'atteinte.

Jo se mit à rire, Meg à gronder, Beth à supplier, et Amy à gémir parce qu'elle ne pouvait pas se rappeler combien faisaient neuf fois douze.

« Restez donc tranquilles un moment ! Il *faut* que je termine cette lettre et c'est impossible avec tout ce vacarme », dit Mme March.

Un silence s'établit un moment, rompu seulement par Hannah qui apportait deux petits pains chauds pour les aînées ; si grognon qu'elle fût, Hannah n'oubliait jamais cette coutume. Le trajet était long et froid et souvent les jeunes filles ne rentraient qu'à deux heures.

« Câline tes chatons, soigne ton mal de tête, Beth. Au revoir maman, nous sommes d'affreuses filles ce matin, mais à notre retour nous serons des anges. Viens, Meg ! » dit Jo en entraînant sa sœur.

De la fenêtre, leur mère agita la main et leur sourit jusqu'à ce qu'elles eussent tourné au coin de la rue. Ce geste habituel de leur mère était comme un rayon de soleil qui éclairait leur journée.

Quand M. March avait perdu sa fortune en voulant aider un ami tombé dans la ruine, les deux aînées avaient demandé la permission de faire quelque chose afin de pourvoir au moins à leur entretien. Estimant qu'il n'était pas trop tôt pour les habituer à former leur énergie, leur esprit de ressource et leur indépendance, les parents avaient consenti. Et toutes deux s'étaient mises à travailler avec cette bonne volonté qui permet toujours de surmonter les obstacles.

Meg avait trouvé une place d'institutrice-gouvernante et son maigre salaire lui donnait l'impression d'être riche. Elle « aimait le luxe », disait-elle et souffrait de leur pauvreté. Elle la supportait plus difficilement que ses sœurs parce qu'elle se rappelait le temps où la vie était facile et joyeuse, où elles ne manquaient de rien. Elle s'efforçait de ne pas être envieuse ni mécontente, mais comment ne pas regretter les jolies choses, les amies gaies, tous les plaisirs d'une vie heureuse ?

Chez les King, elle voyait tous les jours ce à quoi elle aspirait, car les sœurs aînées des enfants dont elle s'occupait étaient à l'âge des bals, des concerts, des parties en traîneaux et autres distractions. Elle voyait aussi dépenser en babioles de l'argent qui lui aurait été bien précieux. La pauvre Meg se plaignait rarement mais elle ne pouvait parfois se défendre d'un sentiment d'amertume. Elle n'avait pas encore compris qu'elle était riche des biens qui seuls rendent la vie heureuse.

Jo, elle, tenait compagnie à leur tante March. Boiteuse, celle-ci avait besoin d'une jeune personne active pour veiller sur elle. Sans enfants, la vieille dame avait offert d'adopter une des filles quand son neveu avait été ruiné et elle avait été très offensée de voir sa proposition repoussée. Des amis avaient dit aux March qu'ils perdaient ainsi toute chance de se voir couchés sur le testament de la riche vieille dame. À quoi ils avaient répondu :

« Pour tout l'or du monde nous ne voudrions abandonner une de nos filles. Nous resterons ensemble, riches ou pauvres, et nous serons heureux. »

Pendant un certain temps, la vieille dame avait refusé de leur parler, puis rencontrant un jour Jo chez des amis communs, son visage comique, ses manières brusques lui avaient plu et elle avait proposé de la prendre comme demoiselle de compagnie. Cela ne disait rien à Jo mais, puisque aucune autre situation ne se présentait, elle avait accepté et, à la surprise de tout un chacun, elle s'était entendue remarquablement bien avec son irascible parente. Certes, il y avait quelques orages, et plus d'une fois Jo était rentrée chez elle en déclarant qu'elle ne pouvait plus la supporter ; mais tante March la faisait rappeler avec tant d'insistance que Jo y retournait parce qu'au fond de son cœur elle éprouvait une certaine affection pour la difficile vieille dame.

Il faut dire aussi que la grande bibliothèque, remplie de beaux livres abandonnés à la poussière et aux araignées depuis la mort de l'oncle March, attirait beaucoup Jo. Elle se rappelait avec émotion le bon vieux monsieur qui lui laissait bâtir des chemins de fer et des ponts avec ses gros dictionnaires, lui racontait des histoires sur les curieuses images de ses livres de latin et lui achetait des bonshommes en pain d'épice chaque fois qu'il la rencontrait dans la rue. La grande pièce avec les bustes qui semblaient la regarder du haut des étagères, les sièges confortables, les globes, et surtout les livres faisaient de cette bibliothèque un enchantement. Dès que tante March sommeillait, ou recevait des visites, Jo se précipitait dans cet endroit paisible, se blottissait dans un vaste fauteuil et dévorait, en vrai rat de bibliothèque, tout ce qu'elle trouvait. Mais comme tous les bonheurs, celui-ci ne durait pas longtemps ; à peine étaitelle plongée au cœur d'une aventure extraordinaire, ou lisait un poème particulièrement émouvant, qu'une voix aiguë appelait « José – phine ! José – phine ! » et elle devait abandonner son paradis pour dévider de la laine, laver le caniche, ou lire les *Essais* de Belsham qui ne l'intéressaient nullement.

L'ambition de Jo était de faire un jour quelque chose d'étonnant. Quoi ? Elle n'en avait pas la moindre idée, elle attendait que l'avenir le décide. Pour le moment, son plus vif regret était de ne pas pouvoir lire, courir, se promener autant qu'elle l'aurait aimé. Son caractère vif, sa langue acérée, son impatience lui jouaient de mauvais tours et sa vie était une série de hauts et de bas, comiques ou pathétiques. Mais l'éducation qu'elle recevait chez sa tante March était peut-être ce dont elle avait besoin ; et en tout cas la pensée de faire quelque chose pour subvenir à ses besoins la rendait heureuse, en dépit du perpétuel « *Joséphine !* »

Beth était trop timide pour aller à l'école ; on avait essayé de l'y envoyer mais elle avait tant souffert qu'on avait dû y renoncer. C'était son père qui lui servait de professeur. Quand il partit et que sa mère dut consacrer toute son habileté et son énergie à une Société de Secours aux Soldats, Beth continua seule de son mieux. C'était une petite femme d'intérieur, elle aidait Hannah à tenir la maison et ne demandait pas d'autre récompense que celle d'être aimée. Elle ne restait jamais oisive, ni solitaire. Elle peuplait son petit monde d'amies imaginaires et était toujours très affairée. Il fallait habiller six poupées chaque matin, toutes de pauvres créatures rejetées par ses aînées et auxquelles elle donnait le meilleur de son cœur. Sa préférée était une poupée qui avait appartenu à Jo et qui, après une existence mouvementée, s'était retrouvée dans un piteux état. Beth l'avait prise sous sa protection, avait confectionné un bonnet pour cacher le dessus de sa tête, et dissimulé ses diverses infirmités en lui enroulant une couverture autour du corps.

Comme toutes les autres, Beth avait ses ennuis ; elle n'était pas un ange mais une petite fille très tendre. Elle « pleurait souvent quelques petites larmes », comme disait Jo, parce qu'elle ne pouvait pas prendre des leçons de musique et posséder un bon piano. Elle aimait passionnément la musique, chantait en travaillant, s'exerçait patiemment sur le vieux piano familial et n'était jamais trop fatiguée pour jouer quelque chose à sa mère et à ses sœurs. « Je suis sûre que si je suis sage j'arriverai à bien jouer un jour », se disait-elle.

*Sa préférée était une poupée qui avait appartenu à Jo et qui,
après une existence mouvementée, s'était retrouvée dans un piteux état.*

Il y a de nombreuses Beth dans le monde, timides, tranquilles, vivant pour les autres si naturellement que personne ne s'aperçoit des sacrifices qu'elles font jusqu'à ce qu'elles disparaissent, laissant le silence et l'ombre derrière elles.

Si on avait demandé à Amy quelle était la plus grande épreuve de sa vie, elle aurait aussitôt répondu « mon nez ». Quand elle était bébé, Jo l'avait accidentellement laissée tomber dans le seau à charbon, et Amy était persuadée que cette chute avait abîmé son nez à jamais. Il n'était ni gros ni rouge, mais simplement un peu plat du bout, et elle avait beau le pincer elle ne parvenait pas à lui donner une pointe aristocratique. Personne n'y prêtait attention sauf elle, mais Amy voulait un nez aquilin et ne cessait d'en dessiner pour se consoler.

La petite « Raphaël » comme l'appelaient ses sœurs avait un réel talent pour le dessin et n'était jamais aussi heureuse que quand elle peignait des fleurs, des fées, ou illustrait des histoires à sa manière. Ses professeurs se plaignaient qu'au lieu de faire ses additions, elle couvrait son ardoise d'animaux, les pages blanches de son atlas de cartes, de paysages et ses livres de caricatures. Telle qu'elle était tout le monde l'aimait car elle était très mignonne. D'ailleurs elle avait beaucoup d'amies. Elle risquait même d'être trop gâtée, car tous la cajolaient. Sa vanité grandissait, tempérée toutefois par la nécessité de porter les affaires de sa cousine. Or la mère de Florence avait un goût qu'Amy n'appréciait pas du tout.

Meg était la confidente, la protectrice d'Amy et par quelque étrange contradiction de la nature, Jo était celle de Beth qui exerçait sur elle plus d'influence qu'aucun autre membre de la famille. Les deux aînées s'aimaient beaucoup mais chacune d'elles jouait à la « petite mère », comme elles disaient, avec leurs cadettes auxquelles elles dispensaient tout l'instinct maternel qui, autrefois, allait à leurs poupées.

Ce soir-là Meg, en se mettant à coudre avec ses sœurs, déclara :

« Qui a quelque chose d'amusant à raconter ? J'ai eu une journée éprouvante et j'ai besoin de rire.

— Moi je me suis disputée avec ma tante, dit Jo. J'avais pris un livre qui me passionnait et j'attendais qu'elle s'endorme pendant que je lui lisais son sempiternel Belsham. Quand elle a fermé les yeux, je me suis plongée dans mon livre et, à un passage drôle, je me suis mise à rire. Elle s'est réveillée. M'a fait tout un sermon sur mes péchés, puis m'a dit de lui lire ce qui me passionnait tant. Je l'ai fait et savez-vous, elle m'a priée de recommencer depuis le commencement. À un moment, prise de malice, je me suis arrêtée à un endroit palpitant en disant :

« J'ai peur de vous fatiguer, ma tante. Voulez-vous que je m'arrête ?

« — Cesse d'être impertinente et continue », a-t-elle répondu en reprenant son tricot qui lui était tombé des mains.

« Quel bon temps je vais avoir maintenant. Elle va enfin renoncer à son Belsham », ajouta Jo.

Meg raconta à son tour qu'en arrivant chez les King elle avait trouvé toute la maison à l'envers. Un des enfants lui avait dit que son frère aîné avait fait quelque chose de très mal et que son père l'avait renvoyé de la maison. Devant les yeux rouges de la mère et des sœurs aînées, elle s'était sentie triste pour eux et heureuse de n'avoir pas de frère capable de déshonorer une famille.

Amy raconta une sottise qu'avait faite une de ses petites camarades en employant comme à son habitude des mots de travers.

« Moi, dit Beth en remettant en ordre la corbeille à ouvrage de Jo, j'ai vu quelque chose qui m'a fait plaisir ce matin. Je suis allée chez le poissonnier avec Hannah. M. Laurence y était. Il ne m'a pas vue parce que je me suis cachée derrière un tonneau. Une pauvre femme est entrée et elle a demandé à M. Cotteur s'il lui laisserait faire un peu de nettoyage contre un morceau de poisson pour ses enfants. M. Cotteur était pressé ; il a refusé d'un ton désagréable. Elle s'en allait tristement, quand M. Laurence a décroché un gros poisson avec la crosse de sa canne et le lui a tendu. Elle était si surprise et si contente qu'elle l'a pris contre sa poitrine et a remercié indéfiniment M. Laurence. Il lui a dit de filer pour le mettre à cuire. Elle est partie. C'était si drôle de la voir serrer dans ses bras ce gros poisson glissant. Il est gentil, n'est-ce pas, M. Laurence ? »

Les quatre sœurs demandèrent ensuite à leur mère de leur raconter sa journée. Au bout d'un moment, elle commença d'un air grave :

« Tandis que je taillais des gilets de flanelle bleue, je pensais à votre père, si seul. Je me disais combien nous serions malheureuses si quelque chose lui arrivait. Ce n'était pas raisonnable de ma part mais je ne pouvais me défendre d'être inquiète. Soudain, un vieil homme est venu s'asseoir près de moi. Je lui ai parlé, car il semblait pauvre, las, angoissé. Je lui ai demandé s'il avait des fils à l'armée, puisqu'il m'apportait une commande.

« — Oui, madame, j'en avais quatre, deux ont été tués, un est prisonnier et je m'en vais voir le quatrième qui est très malade dans un hôpital de Washington, m'a-t-il répondu d'une voix douce.

« — Vous avez fait beaucoup pour votre pays, monsieur, lui ai-je dit, éprouvant alors plus de respect que de pitié.

« — Pas plus que je ne l'aurais dû, madame. J'irais moi-même si je pouvais être utile. »

« Il avait l'air si sincère que j'ai eu honte de moi. Seul mon mari est parti et j'ai mes quatre filles pour me réconforter. Je me suis sentie si riche, si heureuse, en pensant à tout ce que j'avais, que je lui ai fait un beau ballot de vêtements, lui ai remis un peu d'argent et l'ai remercié du fond du cœur de la leçon qu'il m'avait donnée. »

5

VOISINAGE

« QU'EST-CE QUE TU vas faire avec ça, Jo ? demanda Meg par un après-midi de neige en voyant sa sœur passer dans le vestibule avec des bottes de caoutchouc, une vieille pèlerine et tenant un balai d'une main, de l'autre une pelle.

— Prendre un peu d'exercice, répondit Jo d'un air malicieux.

— Tu ferais mieux de rester au chaud avec moi, fit Meg en frissonnant.

— Merci beaucoup, je ne suis pas comme un chat qui reste à dormir au coin du feu. J'aime les aventures. Je vais en chercher. »

Meg se replongea dans son livre. Jo se mit à tracer des sentiers dans le jardin avec une grande énergie. Beth put s'y promener et faire prendre l'air à ses poupées qui en avaient grand besoin. Une haie basse séparait la maison des March de celle de M. Laurence, toutes deux se dressaient dans un faubourg de la ville aux rues tranquilles, aux grands jardins ornés de buissons. D'un côté, une vieille maison brune à l'air assez misérable, à cette époque où la vigne vierge était dépouillée de ses feuilles, de l'autre une belle maison de pierre blanche qui semblait luxueuse avec ses parterres bien entretenus, ses écuries, sa remise, son jardin d'hiver. Mais elle paraissait triste et inhabitée car aucun enfant ne jouait sur la pelouse, aucun visage de mère ne souriait aux fenêtres et peu de personnes allaient et venaient, à l'exception du vieux monsieur et de son petit-fils.

Dans l'imagination de Jo, cette belle maison apparaissait comme un palais enchanté, plein de splendeurs et de délices dont nul ne jouissait. Elle désirait depuis longtemps contempler ces trésors cachés et connaître « le jeune Laurence », qui lui aussi semblait en avoir eu envie mais qui ne savait sans doute comment s'y prendre. Depuis la soirée chez les Gardiner, elle avait envisagé plusieurs moyens de se lier avec lui, mais elle ne l'avait pas revu depuis et se demandait s'il n'était pas parti. Quand un jour elle avait aperçu un visage encadré de cheveux bruns à une fenêtre, regardant tristement leur jardin où Beth et Amy se lançaient des boules de neige.

« J'ai bien envie de sauter par-dessus la haie et d'aller dire au vieux monsieur que Laurie a besoin de compagnie. »

Cette idée amusa Jo. Elle vit partir M. Laurence en calèche. Aussitôt elle se dirigea vers la haie. Là elle s'arrêta, regarda. Tout était paisible. Pas de serviteurs en vue. À une fenêtre du premier étage, elle aperçut la tête brune.

« Le voici, ce pauvre Laurie ! Tout seul et sans doute malade. Quelle pitié ! Je vais lui lancer une boule de neige et je lui dirai un mot gentil. »

Elle franchit la haie, lança une boule de neige. La tête se tourna, les grands yeux brillèrent, la bouche se détendit en un sourire. Jo rit, brandit le balai et cria :

« Comment allez-vous ? Seriez-vous malade ? »

Laurie ouvrit la fenêtre et d'une voix enrouée répondit :

« J'ai eu un mauvais rhume et suis enfermé ici depuis une semaine.

— À quoi vous amusez-vous ?

— À rien.

— Lisez-vous ?

— Pas beaucoup ; on ne me le permet pas.

— Est-ce qu'on vous fait la lecture ?

— Grand-père parfois, mais mes livres ne l'intéressent pas.

— Est-ce qu'on vient vous voir ?

— Les garçons sont trop bruyants et j'ai la tête en compote.

— Les filles ne sont pas bruyantes et aiment jouer les infirmières.

— Je n'en connais pas.

— Vous nous connaissez, nous, fit Jo en riant.

— C'est vrai ! Voulez-vous venir ?

— Je ne suis ni très calme ni très gentille, mais je viendrai si maman me le permet. Je vais le lui demander. Fermez cette fenêtre, comme un garçon bien obéissant, et attendez-moi. »

Laurie s'empressa de ranger sa chambre, qui n'était pas très en ordre malgré une armée de serviteurs, et mit un col propre afin de faire honneur à la jeune fille.

Bientôt, une voix décidée demandait à un serviteur stupéfait de voir M. Laurie.

« Faites-la entrer, c'est Mlle Jo, dit Laurie du haut de l'escalier.

— Me voici avec armes et bagages, dit-elle joyeusement. Maman vous envoie ses amitiés. Meg m'a demandé de vous apporter une part de son blanc-manger, qu'elle réussit à la perfection. Beth vous prête ses chats, je ne pouvais pas refuser. »

La vue des chatons fit perdre toute sa timidité au jeune garçon.

« Comme votre chambre est jolie !

— Elle le serait si elle était mieux rangée.

— Elle va l'être en deux minutes – un coup de balai au-devant de la cheminée, les objets plus en ordre sur la cheminée, les bouteilles là, le divan placé face à la lumière et les oreillers un peu secoués. Voilà. »

La pièce avait pris un aspect tout différent. Laurie poussa un soupir de satisfaction en s'asseyant sur le sofa qu'elle lui désignait.

« Comme vous êtes bonne ! Maintenant asseyez-vous dans ce grand fauteuil et laissez-moi vous distraire.

— Non, c'est moi qui suis venue vous distraire. Voulez-vous que je vous lise à haute voix ?

— Non, merci. J'ai lu tous ces livres et je préférerais bavarder, répondit Laurie.

— Avec plaisir. Beth prétend que je n'arrête pas de parler une fois que j'ai commencé.

— Beth, c'est la petite fille aux joues roses qui reste très souvent à la maison et qui sort parfois avec un petit panier ? demanda Laurie.

— Oui, c'est ma petite fille à moi et elle est très gentille.

— La jolie c'est Meg, celle toute bouclée c'est Amy, n'est-ce pas ?

— Comment le savez-vous ? »

Laurie rougit mais répondit franchement.

« Je vous entends souvent vous appeler. Quand je me sens trop seul je ne peux pas m'empêcher de regarder chez vous. Vous semblez vous amuser beaucoup. C'est très mal élevé ce que je fais, pardonnez-moi. Parfois aussi vous oubliez de fermer les rideaux de la fenêtre où il y a des fleurs, et je vous vois quand les lampes sont allumées. Comme le visage de votre mère paraît doux derrière les fleurs ! J'aime à le voir. Je n'ai plus ma mère, vous savez. »

Et Laurie se mit à tisonner le feu pour cacher un petit tremblement qui agitait ses lèvres.

La voix de Jo, habituellement brusque, se fit caressante quand elle dit :

« Nous ne fermerons plus jamais ce rideau et vous pourrez nous regarder autant que vous le voudrez. Mais ce serait mieux encore si vous veniez nous voir. Maman est extraordinaire, elle vous ferait beaucoup de bien. Beth chanterait pour vous si je le lui demandais et Amy danserait. Meg et moi nous vous ferions rire avec notre théâtre, et nous nous amuserions beaucoup. Votre grand-père vous le permettrait-il ?

— Je pense que oui, si c'est votre mère qui le lui demandait. Il est très bon sous son apparence sévère, et il me laisse faire ce que je veux, seulement il a peur que j'ennuie les gens que je ne connais pas.

— Vous nous connaissez, nous sommes voisins et vous ne nous gênerez pas du tout. D'ailleurs il y a longtemps que nous voulions vous rencontrer. Nous nous entendons très bien avec tous nos voisins.

— Mon grand-père vit parmi ses livres. Mon précepteur n'habite pas sur place et je n'ai personne avec qui sortir, alors je reste à la maison.

— C'est trop triste. Faites un effort et sortez quand on vous invite ; vous aurez tout plein d'amis. Il ne faut pas être timide.

— Aimez-vous votre école ? demanda Laurie, changeant de sujet.

— Je ne vais pas à l'école. Je tiens compagnie à ma grand-tante. C'est une bonne vieille dame mais elle n'est pas d'humeur facile. »

Et pour amuser Laurie, Jo le fit rire aux dépens de la tante March. Elle lui décrivit avec vivacité ses travers, son caniche gros et gras, le perroquet qui savait quelques mots d'espagnol, et la bibliothèque qu'elle appréciait tant.

Laurie l'encourageait à parler. Elle lui fit part de leurs craintes pour leur père, raconta les menus événements de leur vie. Puis ils s'entretinrent de livres. À la grande joie de Jo, elle découvrit que Laurie les appréciait autant qu'elle et même en avait lu davantage.

« Si vous les aimez tant, venez voir les nôtres, lui dit Laurie en se levant. Mon grand-père est sorti, vous n'avez pas besoin d'avoir peur.

— Je n'ai peur de rien, affirma Jo en relevant fièrement la tête.

— J'en suis sûr », dit le jeune garçon en la regardant avec admiration.

Les deux nouveaux amis se promenèrent dans toute la maison. Les rangées de livres retinrent l'attention de Jo.

« Théodore Laurence, vous devriez être le garçon le plus heureux de la terre, fit-elle vivement impressionnée.

— On ne vit pas que de lectures », répondit Laurie en secouant la tête.

Un coup de sonnette interrompit leur bavardage.

« Seigneur ! Votre grand-père ! s'exclama Jo, inquiète.

— Et alors ? Vous n'avez peur de rien, m'avez-vous dit, fit malicieusement le jeune garçon.

— Je crois que j'ai un peu peur de lui mais je me demande bien pourquoi. Maman m'a permis de venir et ma présence ne vous a pas rendu plus malade », dit Jo en prenant un air compassé, mais les yeux sur la porte.

Ce n'était pas M. Laurence, mais le médecin, comme l'annonça une servante.

« Puis-je vous demander de m'attendre un moment ? » dit Laurie.

Il s'en alla, laissant son invitée se distraire à sa façon. Elle se tenait devant le beau portrait d'un vieux monsieur quand la porte se rouvrit. Sans tourner la tête, elle dit d'un ton décidé :

« Je suis sûre maintenant de ne pas avoir peur de votre grand-père. Il a des yeux pleins de bonté malgré une bouche un peu sévère. Et il doit avoir une volonté terrible. Il n'est pas aussi beau que mon grand-père mais il me plaît.

— Merci, mademoiselle », dit derrière elle une voix bourrue.

Jo se retourna pour voir, toute surprise, M. Laurence en personne.

La pauvre Jo rougit comme une pivoine et son cœur se mit à battre la chamade.

« Ainsi vous n'avez pas peur de moi ?

— Pas beaucoup, monsieur.

— Et vous ne me trouvez pas aussi beau que votre grand-père ?

— Pas tout à fait, monsieur.

— Et j'ai une volonté terrible ?

— J'ai seulement dit que je le croyais.

— Mais je vous plais malgré cela ?

— Oui, monsieur. »

Le vieux monsieur parut content, il rit, donna une poignée de main à Jo, posa un doigt sous son menton, lui leva le visage qu'il examina gravement.

« Vous ne ressemblez pas à votre grand-père mais vous en avez le caractère. Il était beau mais c'était surtout un homme brave et honnête et j'étais heureux d'être son ami.

— Merci, monsieur. »

Et Jo se sentit tout à fait à l'aise.

« Qu'est-ce que vous avez fait à mon petit-fils ?

— Je n'ai fait que bavarder avec lui. »

Et elle lui résuma leur rencontre.

« Vous pensez qu'il a besoin d'être égayé ?

— Oui, monsieur, il semble un peu solitaire. Voir des jeunes lui ferait du bien. Nous ne sommes que des filles mais nous serions contentes de vous faire ce plaisir car nous n'avons pas oublié le magnifique présent de Noël que vous nous avez envoyé, dit Jo avec animation.

— Tut ! Tut ! C'était l'idée de Laurie. Comment va la pauvre femme ? »

Jo lui raconta que sa mère avait intéressé à son cas des amis plus fortunés qu'elle.

« Tout comme son père, votre mère est bonne. J'irai lui rendre visite un de ces jours. Tiens, voici la cloche du thé. Venez le prendre avec nous. »

Et M. Laurence lui offrit son bras avec une courtoisie un peu démodée.

À ce moment, Laurie dévalait l'escalier quatre à quatre. Il s'arrêta net à la vue surprenante de Jo le bras passé sous celui de son redoutable grand-père.

« Je ne savais pas que vous étiez revenu, dit-il tandis que Jo lui jetait un regard triomphant.

— Je m'en doute à la manière dont tu dégringolais l'escalier. Viens prendre le thé, et comporte-toi en garçon bien élevé », dit M. Laurence en lui tirant affectueusement les cheveux.

Dans son dos, Laurie se livra à une série de pitreries qui faillit faire exploser de rire Jo.

En buvant tasse de thé sur tasse de thé, le vieux monsieur ne parla pas beaucoup mais il observa les deux jeunes gens qui, bientôt, bavardaient comme une paire de vieux amis et le changement survenu chez son petit-fils ne lui échappa pas. Ses joues s'étaient colorées, son rire était gai, ses manières vives.

Il pensa que la jeune fille avait raison, son petit-fils était trop isolé. Jo lui plaisait avec ses façons peu ordinaires et spontanées et elle paraissait comprendre le garçon presque aussi bien que si elle en était un elle-même. Si les Laurence avaient été ce que Jo appelait des gens « raides et guindés » elle aurait eu un comportement maladroit, or elle fut elle-même et leur fit une bonne impression.

Au sortir de table, Laurie l'emmena voir le jardin d'hiver qu'il avait fait illuminer pour elle. Jo se crut dans un endroit féerique. Son nouvel ami confectionna un gros bouquet en la priant de le porter à sa mère.

« Vous lui direz que j'aime beaucoup le médecin qu'elle m'a envoyé. »

En rentrant dans le grand salon, ils trouvèrent M. Laurence debout près du feu, mais l'attention de Jo fut attirée par un piano à queue ouvert.

« En jouez-vous ? demanda-t-elle à Laurie.

— Quelquefois, répondit-il modestement.

— Jouez-moi quelque chose, s'il vous plaît. Je pourrai le raconter à Beth. »

Laurie se mit au piano. Il jouait remarquablement bien sans se prendre pour un artiste. Jo aurait aimé que Beth pût l'entendre. Elle le félicita tant qu'il parut gêné. Son grand-père intervint :

« Cela suffit, jeune fille. Trop de louanges ne sont pas bonnes pour lui. Vous partez ? Je vous remercie de votre visite. Mes hommages à votre mère. Bonsoir, docteur Jo. »

Il lui serra la main gentiment mais on aurait dit que quelque chose lui avait déplu. Quand ils furent dans le vestibule, Jo demanda à Laurie si elle n'avait pas commis une gaffe. Il secoua la tête.

« Non, simplement il n'aime pas m'entendre jouer.

— Pourquoi ?

— Je vous le raconterai un jour ; John va vous reconduire, puisque je ne peux pas sortir.

— Inutile ; je ne suis pas une demoiselle et il n'y a même pas une rue à traverser. Prenez bien soin de vous.

— Oui, mais vous reviendrez, j'espère ?

— Si vous promettez de nous rendre visite quand vous serez guéri.

— Je viendrai.

— Bonsoir, Laurie.

— Bonsoir, Jo ! »

Quand Jo eut raconté ses aventures, toute la famille manifesta le désir d'aller dans la maison de l'autre côté de la haie. Mme March désirait évoquer le souvenir de son père avec le vieux monsieur ; Meg mourait d'envie de se promener dans le jardin d'hiver, Beth de voir le grand piano, et Amy les belles statues et les beaux tableaux.

« Maman, pourquoi M. Laurence n'aime-t-il pas que Laurie joue du piano ? demanda Jo, intriguée.

— Je n'en suis pas sûre, mais je crois que son fils avait épousé une Italienne, très musicienne. Ce mariage avait déplu au vieux monsieur. La jeune femme était très distinguée et charmante mais il ne l'aimait pas et n'a jamais revu son fils. Ils sont morts tous deux quand Laurie n'était encore qu'un enfant. Son grand-père l'a fait venir. Je crois que Laurie est né en Italie. Il n'a pas une très bonne santé et M. Laurence tremble pour lui. Laurie aime naturellement la musique. Il tient cela de sa mère, et son grand-père doit craindre qu'il ne veuille devenir musicien. En tout cas, son goût pour la musique rappelle à M. Laurence cette jeune femme qu'il n'aimait pas.

— Seigneur ! Comme tout cela est romantique, s'exclama Meg.

— C'est trop bête, fit Jo. Qu'il soit musicien s'il en a envie et qu'on ne lui gâche pas sa vie en l'envoyant de force à l'université ! »

Elles discutèrent encore longuement de leurs voisins. Jo demanda à sa mère la permission de recevoir Laurie. Permission qui lui fut accordée bien volontiers.

6

BETH DÉCOUVRE LE BEAU PALAIS

⁂

LE VIEUX MONSIEUR Laurence vint rendre visite à Mme March, s'entretint avec elle du passé, dit un mot gentil à chacune des filles, et bientôt il ne leur fit plus peur, sauf à la timide Beth. Une chose pourtant les ennuyait : elles étaient pauvres et Laurie était riche ; cela les gênait d'accepter des faveurs qu'elles ne pouvaient rendre. Mais elles ne tardèrent pas à s'apercevoir qu'il les considérait comme ses bienfaitrices et ne savait que faire pour remercier Mme March de son accueil maternel et les quatre sœurs de leur amitié et de leur gaieté.

La vie active que menaient les sœurs eut une excellente influence sur Laurie qui eut honte de son indolence. Il était las des livres et trouvait les gens si intéressants maintenant que son précepteur constata une baisse dans son travail. Le vieux monsieur ne s'en inquiéta pas.

« Laissez-le prendre un peu de vacances ; il se rattrapera ensuite. Notre aimable voisine dit qu'il a besoin de distractions et d'exercices. J'ai beaucoup trop dorloté ce garçon. Et Mme March lui fait le plus grand bien. »

C'est vrai qu'ils s'amusaient ferme ! Ils jouaient la comédie, faisaient des promenades en traîneaux, patinaient, passaient des soirées agréables dans le vieux salon et parfois dans la grande maison. Meg cueillait des bouquets à son gré ; Jo dévorait des livres et faisait rire le vieux monsieur avec ses critiques ; Amy copiait des tableaux, Laurie remplissait ses devoirs de « maître de maison » au contentement de tous.

Malgré son intense désir de voir le piano à queue, Beth ne réussissait pas à trouver le courage d'aller dans la « maison du bonheur », comme Meg l'appelait. Elle s'y rendit une fois avec Jo, mais le vieux monsieur, inconscient de sa timidité maladive, la regarda avec une telle intensité qu'il l'effraya. Ses pieds tremblaient, dit-elle à sa mère. Et elle s'enfuit en disant que même pour l'amour du piano elle n'y retournerait plus. Par quelque canal mystérieux, M. Laurence l'apprit et décida de réparer le mal ainsi fait. Au cours d'une des brèves visites qu'il rendait à Mme March, il amena habilement la conversation sur la musique, parla des grands chanteurs qu'il avait entendus, des concerts auxquels il avait assisté et raconta tant de vivantes anecdotes que Beth sortit du coin où elle s'était réfugiée pour s'approcher de sa chaise, comme fascinée. Feignant de ne pas la voir, M. Laurence parla alors des leçons et des professeurs de musique de Laurie. Et, comme si la pensée lui en venait soudain, il dit :

« Laurie néglige sa musique maintenant, et je m'en réjouis parce qu'il y consacrait trop de temps. Mais le piano se rouille. Une de vos filles ne voudrait-elle pas en jouer de temps en temps ? »

Beth s'avança, en serrant les mains étroitement pour les empêcher de trembler et avant que Mme March pût répondre, M. Laurence poursuivait avec un petit sourire de côté :

« Elle ne gênerait personne. Moi je suis toujours enfermé dans mon bureau à l'autre bout de la maison. Laurie est dehors la plus grande partie du temps et après neuf heures les domestiques ne s'approchent jamais du salon. Ainsi il est complètement libre. »

Il se leva comme pour partir.

« Je vous en prie, faites part de cela à vos filles. Si elles n'ont pas envie de profiter de cette offre, peu importe. »

Une petite main se glissa dans la sienne, Beth leva vers lui un visage plein de gratitude et, d'une voix timide, dit :

« Oh ! si, monsieur, elles en ont très envie !

— C'est donc vous la petite musicienne ? demanda-t-il en la regardant avec bonté.

— Je m'appelle Beth et j'aime beaucoup la musique. Je viendrai si vous êtes tout à fait sûr que personne ne m'entendra et ne sera dérangé par moi, ajouta-t-elle en tremblant de sa hardiesse.

— Pas une âme ne vous entendra. La maison est vide pour ainsi dire, jouez tant que vous voudrez et je vous en serai reconnaissant.

— Comme vous êtes bon, monsieur. »

Elle n'avait plus peur maintenant et serra doucement la main qu'elle tenait parce qu'elle ne trouvait pas de mots pour remercier le vieux monsieur. Il lui caressa les cheveux et l'embrassa.

« J'ai eu une petite fille qui avait vos yeux. Dieu vous bénisse, mon enfant. Au revoir, madame. »

Et il s'éloigna vivement.

Beth était aux anges. Elle fit partager son bonheur à toute sa famille de poupées, chanta toute la soirée. Le lendemain, après avoir vu le vieux monsieur et son petit-fils sortir de la grande maison, Beth se risqua sans bruit de l'autre côté de la haie. Elle entra dans le salon. Comme par hasard, il y avait sur le pupitre un morceau facile ; avec des doigts tremblants Beth se mit à jouer. Bientôt elle oublia ses peurs et s'abîma dans la joie que lui procurait la musique.

Il fallut que Hannah vienne la chercher pour la ramener dîner.

À partir de ce jour, le salon fut hanté par un petit esprit musicien qui allait et venait sans être vu. Elle ne soupçonna jamais que M. Laurence ouvrait souvent la porte de son bureau pour entendre les vieux airs qu'il aimait ; elle ne vit pas non plus Laurie monter la garde dans le vestibule pour en chasser les serviteurs, ni ne se douta que les cahiers d'exercices, les nouveaux morceaux qu'elle trouvait sur le piano, étaient placés là à son intention.

« Maman, dit-elle un jour, je vais broder une paire de pantoufles pour M. Laurence. Il est si bon. Je voudrais le remercier et je n'ai pas d'autre idée pour le moment.

— C'est une excellente idée, ma chérie. Cela lui fera grand plaisir. »

Après de nombreuses discussions avec Meg et Jo, le modèle fut choisi, le matériel acheté. Une touffe de pensées fut brodée sur fond pourpre. Beth travailla d'arrache-pied et, comme elle était adroite, les pantoufles furent bientôt terminées. Alors elle écrivit un petit mot très court et avec l'aide de Laurie, elle les déposa sur le bureau de M. Laurence en son absence.

… avec des doigts tremblants Beth se mit à jouer.
Bientôt elle oublia ses peurs et s'abîma dans la joie que lui procurait la musique.

L'excitation passée, Beth attendit. Un jour s'écoula, puis un autre, toujours rien. Beth craignait d'avoir offensé son ami à l'humeur changeante. Dans l'après-midi, comme elle revenait d'avoir fait des commissions, elle vit trois, non, quatre têtes apparaître aux fenêtres du salon. Des voix joyeuses lui criaient :

« Une lettre pour toi du vieux monsieur ! Viens vite la lire. »

Beth accourut. Ses sœurs l'entraînèrent au salon en une procession triomphale montrant du doigt et disant tout à la fois :

« Regarde là ! Regarde là ! » Beth regarda de tous ses yeux et devint pâle de surprise et de ravissement, car là devant se trouvait un joli petit piano sur lequel était posée une lettre adressée à Mlle Elisabeth March.

« C'est pour moi ? murmura Beth en s'accrochant à Jo de crainte de tomber.

— Oui, pour toi, mon trésor. N'est-ce pas magnifique ? N'est-il pas le plus adorable monsieur de la terre ? Nous n'avons pas ouvert la lettre mais nous mourons d'impatience de savoir ce qu'il te dit, fit Jo en serrant sa sœur dans ses bras.

— Lis-la toi-même, moi je me sens toute drôle ! »

Et bouleversée, Beth se cacha le visage dans le tablier de Jo.

« Chère mademoiselle,

J'ai eu beaucoup de paires de pantoufles dans ma vie, mais jamais aucune qui m'aille aussi bien que la vôtre. Les pensées sont mes fleurs favorites et celles-ci me rappelleront toujours leur gentille donatrice. J'aime payer mes dettes ; aussi je suis sûr que vous permettrez au “vieux monsieur" de vous envoyer quelque chose qui a appartenu à la petite fille qu'il a perdue.

Avec tous mes remerciements et mes amitiés,

Votre ami reconnaissant et humble serviteur,

James Laurence. »

« Eh bien, Beth, voilà un honneur dont tu peux être fière. Laurie m'a dit combien M. Laurence avait aimé cette enfant qui est morte ; il conserve précieusement tous les petits objets qui lui ont appartenu. Et il t'offre son piano. Voilà ce que c'est que d'avoir de grands yeux bleus et d'aimer la musique, fit Jo, en essayant de calmer la petite fille qui tremblait d'excitation.

— Votre humble serviteur, James Laurence – dire qu'il t'a écrit cela. Je le raconterai aux filles, elles en seront épatées », fit Amy, très impressionnée par la lettre.

Sur l'injonction de Jo, Beth essaya tout de suite l'instrument. Il était parfait, mais son plus grand charme consistait dans la joie de tous les visages penchés sur lui tandis que Beth faisait courir ses doigts sur les belles touches noires et blanches et appuyait sur les pédales.

« Il faudra aller le remercier, dit Jo en plaisantant car elle n'imaginait pas sa timide petite sœur s'y rendant.

— Oui, j'en ai bien l'intention. »

Et à la surprise de tous, Beth sortit délibérément, franchit le portail et se dirigea vers la maison des Laurence.

« Que je meure, si c'est pas là la chose la plus étrange qu'j'ai jamais vue. L'piano lui a tourné la tête ! Elle n'y serait jamais allée si elle avait tout son bon sens », s'écria Hannah, en la regardant partir, tandis que les filles restaient muettes devant le miracle.

Leur stupéfaction n'aurait plus connu de bornes si elles avaient vu ce que fit Beth ensuite. Si vous pouvez m'en croire, elle alla frapper à la porte du bureau avant d'avoir pris le temps de penser ; et quand une voix bourrue cria : « Entrez ! », elle entra, marcha sur M. Laurence, qui semblait interdit, tendit la main, et dit, avec à peine un tremblement dans la voix :

« Je suis venue vous remercier, Monsieur, pour un… » Mais elle n'acheva pas, car il avait un air si amical, qu'elle oublia son petit discours et se souvenant seulement qu'il avait perdu une petite fille qu'il aimait, elle lui mit les bras autour du cou, et l'embrassa.

Si le toit de la maison s'était envolé, le vieux monsieur n'aurait pas été plus surpris ; mais cela lui plut – mon Dieu, oui, cela lui plut terriblement !

Il fut si touché et content de ce petit baiser confiant, que toute sa raideur s'évanouit ; il se contenta de la prendre sur ses genoux, posa sa joue ridée contre sa joue rose, croyant presque avoir retrouvé sa propre petite-fille. Beth cessa de le craindre dès cet instant, et resta à parler avec lui comme si elle l'avait toujours connu, car l'amour fait fuir la crainte et la gratitude peut prendre le pas sur la fierté. Quand elle retourna à la maison, il l'accompagna jusqu'à la porte des March, lui serra cordialement la main, toucha son chapeau en repartant, très digne et très droit, comme un beau vieux monsieur qu'il était, et un ancien soldat.

Après avoir assisté à ce spectacle, Jo se mit à danser une gigue pour exprimer sa satisfaction, Amy tomba presque de la fenêtre dans sa surprise, et Meg s'exclama en levant les bras au ciel :

« Eh bien, je crois que c'est vraiment la fin du monde ! »

7

JO SE MET EN COLÈRE

*

« OÙ ALLEZ-VOUS ? » demanda Amy en entrant dans la chambre de ses aînées un samedi après-midi.

Elles étaient prêtes à sortir et leur air mystérieux excitait sa curiosité.

« Les petites filles ne doivent pas poser de questions », répondit sèchement Jo.

Se tournant vers Meg qui ne lui refusait jamais rien très longtemps, Amy lui demanda :

« Dis-le-moi ! Je n'ai rien à faire et je m'ennuie. Vous pourriez m'emmener.

— Non, ma chérie, parce que tu n'es pas invitée », commença Meg.

Jo l'interrompit avec impatience.

« Tais-toi, Meg. Tu ne peux pas venir, Amy, un point c'est tout !

— Je sais, vous sortez avec Laurie. J'en suis sûre ; vous chuchotiez et riiez ensemble sur le sofa hier soir, et vous vous êtes tus quand je suis entrée.

— Eh bien oui, nous sortons avec Laurie. Maintenant laisse-nous tranquilles. »

Amy garda le silence mais observa et vit Meg glisser un éventail dans sa poche.

« Je sais, je sais. Vous allez au théâtre voir “Les Sept Châteaux”, s’écria-t-elle. J’y vais avec vous. Maman a dit que je pouvais voir cette pièce et j’ai de l’argent de poche et c’est mesquin de ne pas me l’avoir dit à temps.

— Écoute et sois gentille, dit Meg d’un ton conciliant. Maman ne veut pas que tu y ailles cette semaine. Tu as eu un gros rhume et tes yeux ne supporteraient pas la lumière de ce spectacle. Tu iras la semaine prochaine avec Beth et Hannah et tu t’amuseras beaucoup.

— Pas autant que si j’y allais avec vous. Je me porte très bien maintenant. Oh ! Meg, laisse-moi t’accompagner, implora Amy en prenant son air le plus pathétique.

— Non, dit Jo. Nous avons des places réservées. Comme tu ne peux pas t’asseoir seule, Laurie serait obligé de te céder sa place, ce qui gâterait notre plaisir. Tu ne bougeras pas d’ici. »

Amy, assise sur le plancher, une bottine à un pied, se mit à pleurer, Meg à la raisonner, quand Laurie appela d’en bas. Les deux sœurs se dépêchèrent de descendre, laissant Amy gémir. Elle oubliait souvent ses grands airs et agissait en enfant gâtée. Au moment où le groupe sortait, Amy cria du haut de la rampe d’escalier :

« Tu t’en repentiras, Jo March.

— Je m’en moque éperdument ! » répondit Jo en claquant la porte.

« Les Sept Châteaux du Lac de Diamant » était un spectacle brillant et chatoyant. Mais le plaisir de Jo était un peu teinté d’inquiétude ; elle redoutait ce que sa sœur allait inventer pour se venger. Amy et Jo avaient toutes deux un caractère emporté et se querellaient fréquemment.

Les colères de Jo étaient violentes mais ne duraient jamais longtemps et elle se repentait ensuite sincèrement. Ses sœurs prétendaient aimer susciter sa fureur parce qu'ensuite elle était aussi douce qu'un ange.

Quand Meg et Jo rentrèrent à la maison, Amy lisait dans le salon. Elle affectait un air blessé et se garda de leur poser la moindre question. Sa curiosité l'aurait peut-être emporté sur le ressentiment, si Beth ne s'était pas fait faire une description très animée du spectacle.

Hélas ! le lendemain, Jo fit une découverte qui souleva une tempête. Meg, Beth et Amy étaient assises au salon tard dans l'après-midi quand Jo fit irruption dans la pièce et demanda :

« L'une de vous a-t-elle pris le livre que je suis en train d'écrire ?

— Non », s'écrièrent aussitôt Meg et Beth, surprises.

Amy tisonnait le feu et ne disait rien. Jo la vit cependant rougir. Elle se précipita sur elle.

« C'est toi qui l'as.

— Non.

— Tu sais où il est alors !

— Non.

— C'est une blague, fit Jo en la secouant par les épaules et en la regardant d'un air à faire frémir les plus braves.

— Non. Je ne l'ai pas et je ne sais pas où il est maintenant, et je m'en moque.

— Tu sais quelque chose et tu feras aussi bien de me le dire tout de suite, sinon gare à toi.

— Crie tant que tu veux, tu ne le reverras pas ton stupide manuscrit, s'écria Amy, excitée à son tour.

— Et pourquoi donc ?

— Je l'ai brûlé.

— Quoi ! Tout mon travail. Ces contes que je voulais terminer avant le retour de papa ? Tu l'as vraiment brûlé, insista Jo, devenant toute pâle.

— Oui ! Je t'avais bien dit que tu te repentirais d'avoir été si méchante hier et... »

Elle ne put achever, Jo, incapable de maîtriser sa colère, la secouait comme un prunier en criant : « Méchante, tu es méchante ! Je ne pourrai jamais le réécrire et je ne te pardonnerai jamais aussi longtemps que je vivrai. »
Meg vola au secours d'Amy, Beth s'efforça de calmer Jo, mais après avoir lancé une gifle à sa sœur, Jo se précipita au grenier pour y donner libre cours à son chagrin.

Mme March, revenue peu après, apprit toute l'histoire. Elle fit comprendre à Amy le mal qu'elle avait fait à sa sœur. Jo avait écrit une demi-douzaine de contes de fées, mettant tout son cœur à son ouvrage qu'elle espérait faire éditer. Elle venait tout juste de les recopier avec grand soin et avait détruit le brouillon, si bien qu'Amy avait brûlé l'œuvre de plusieurs mois. Toutes considéraient cela comme une grande perte mais pour Jo c'était une véritable catastrophe. Beth pleurait, Meg refusait de défendre sa préférée. Mme March semblait grave et attristée et Amy se disait que plus personne ne l'aimerait jusqu'à ce qu'elle ait demandé pardon pour un acte qu'elle regrettait maintenant amèrement.

Lorsque la cloche du thé retentit, Jo descendit le visage tellement fermé qu'il fallut tout son courage à Amy pour murmurer :

« Je t'en prie, Jo, pardonne-moi. Je suis très, très triste.

— Je ne te pardonnerai jamais », répondit durement Jo.

Et de toute la soirée, elle ignora Amy.

Quand, au moment de se séparer, Mme March embrassa Jo, elle lui glissa à l'oreille :

« Je t'avais bien dit que tu te repentirais d'avoir été si méchante hier et… »

« Ne laisse jamais le soleil se coucher sur ta colère ; pardonnez-vous les uns les autres, aidez-vous les uns les autres. »

Jo aurait voulu pleurer sur les genoux de sa mère mais c'eût été faire preuve de faiblesse. Elle secoua la tête et dit parce que Amy écoutait :

« Elle ne mérite pas que je lui pardonne. »

Le lendemain, Amy, très vexée de s'être humiliée en vain, prenait de grands airs exaspérants, Jo était d'une humeur exécrable et tout alla de travers ce jour-là. La tante March fut plus difficile encore que d'habitude. Quand Jo revint à la maison, Meg était pensive, Beth triste, Amy ne cessait de faire des remarques sur les personnes qui parlent toujours d'être bonnes sans mettre leurs paroles en pratique.

« Oh ! Vous êtes toutes haïssables, je vais demander à Laurie de patiner avec moi. Il est toujours gentil et gai et me remettra de bonne humeur, dit Jo en sortant.

— Elle m'avait promis de m'emmener la prochaine fois car la glace va bientôt fondre, protesta Amy, mais il est inutile de demander quoi que ce soit à quelqu'un d'aussi grognon.

— Ne dis pas cela ; tu as été très méchante et il lui est difficile d'oublier ce que tu as fait, dit Meg. Suis-les, attends que Laurie l'ait mise de meilleure humeur et embrasse-la ou fais quelque chose de gentil. Je suis sûre qu'elle te pardonnera de tout son cœur. »

Amy s'empressa de suivre ce conseil et, peu après, elle courait pour rejoindre sa sœur.

La rivière n'était pas loin, mais Laurie et Jo étaient déjà prêts. Jo apercevant sa sœur lui tourna le dos ; Laurie, lui, sondait la glace, car le temps s'était réchauffé avant la dernière gelée.

Parvenu au tournant, il cria :

« Restez près du bord ; la glace n'est pas sûre au milieu. »

Jo comprit ce que disait Laurie, mais Amy, plus éloignée, se débattait avec ses patins qu'elle ne parvenait pas à attacher et elle n'entendit rien. Un petit démon souffla à l'oreille de Jo :

« Peu importe si elle a entendu ou non, qu'elle s'occupe d'elle-même. »

Laurie avait disparu derrière le tournant ; Jo s'apprêtait à le rejoindre, Amy, loin en arrière se dirigeait vers le milieu de la rivière. Jo hésita une minute. L'instant d'après Amy levait les bras en l'air et disparaissait dans un trou. Jo resta pétrifiée, elle essaya d'appeler Laurie, mais elle n'avait plus de voix ; pendant une seconde atroce, elle resta à regarder le petit capuchon bleu qui, seul, paraissait hors de l'eau noire. Quelqu'un passa comme une flèche près d'elle et la voix de Laurie cria :

« Apporte une planche de la palissade, vite ! »

Comment le fit-elle, elle n'aurait su le dire ; en quelques minutes elle arracha une planche et l'apporta à Laurie qui, couché à plat ventre, tenait Amy par le bras. À l'aide de la planche ils la sortirent de l'eau. Elle avait eu plus de peur que de mal.

« Enveloppons-la et emportons-la vite à la maison », dit Laurie, en mettant son manteau autour d'Amy et en détachant à toute vitesse ses patins, imité par Jo.

Après avoir été très agitée, Amy s'endormit enfin devant le feu, bien enroulée dans des couvertures. Mme March assise à son chevet, appela Jo et commença à bander ses mains toutes meurtries et coupées par la glace et par les clous de la palissade.

Comment le fit-elle, elle n'aurait su le dire ; en quelques minutes elle arracha une planche et l'apporta à Laurie qui, couché à plat ventre, tenait Amy par le bras. À l'aide de la planche ils la sortirent de l'eau. Elle avait eu plus de peur que de mal.

« Tu es sûre, maman, qu'elle est saine et sauve ? murmura Jo, en regardant avec remords la tête dorée que la glace traîtresse avait failli engloutir à jamais.

— Tout à fait. Elle n'est pas blessée et elle n'aura pas même pris froid car tu as eu le bon sens de la couvrir et de la ramener en vitesse à la maison.

— C'est Laurie qui a tout fait. Oh ! maman, si elle était morte cela aurait été de ma faute. »

Jo se laissa tomber près du lit, ses larmes débordèrent et elle confessa tout ce qui était arrivé.

« C'est à cause de mon affreux caractère ! J'essaie de m'en corriger mais quand je pense avoir réussi il reparaît pire qu'avant. Oh ! maman, que puis-je faire ? s'écria la pauvre Jo en proie au désespoir.

— Surveille-toi et prie ; ne te lasse jamais d'essayer de te dominer et ne désespère pas, dit Mme March en serrant tendrement sa fille et en embrassant la joue ruisselante de larmes.

— Oh ! aide-moi, maman, aide-moi.

— Je le ferai, ma chérie. Ne pleure pas si amèrement mais souviens-toi de cette épreuve. Moi aussi j'avais mauvais caractère.

— Toi, maman ? Tu n'es jamais en colère !

— Il y a quarante ans que j'essaye de me dominer, ma chérie. Presque chaque jour de ma vie, j'éprouve de la colère, mais j'ai appris à ne pas le montrer.

— Es-tu en colère, maman, quand tu serres les lèvres et t'isoles quelques instants, quand par exemple tante March gronde ou qu'on t'ennuie ?

— Oui, et ton père m'a beaucoup aidée.

— Quelquefois je l'ai vu porter un doigt à ses lèvres et te regarder avec beaucoup de douceur et de gravité, alors tu serres les lèvres ou tu t'en vas. C'est comme cela qu'il te le rappelle.

— Oui, c'est moi qui le lui ai demandé et grâce à ce petit geste, à votre amour aussi, je parviens à retenir les mots méchants. »

Jo vit les yeux de sa mère se remplir de larmes, ses lèvres trembler, elle eut peur d'avoir trop parlé et murmura avec anxiété :

« Est-ce mal de t'avoir observée et de te l'avoir dit ? Je ne voulais pas te faire de peine mais c'est si bon de te dire tout ce que je pense.

— Tu peux tout me dire, ma petite Jo, c'est ma plus grande fierté de voir que mes filles se confient ainsi à moi. Mais rien qu'en parlant de ton père, cela me rend triste. »

Jo serra sa mère contre elle. Le silence tomba. Un silence fait de tendresse, de compréhension.

Amy remua et soupira dans son sommeil. Comme si elle était impatiente de réparer sa faute, Jo la regarda avec une expression qu'elle n'avait jamais eue auparavant.

« J'ai laissé le soleil se coucher sur ma colère. Sans Laurie il aurait pu être trop tard ! Comment ai-je pu être si méchante ? » dit Jo à mi-voix en se penchant sur sa sœur et en caressant doucement les cheveux encore humides, épars sur l'oreiller.

Amy ouvrit les yeux, tendit les bras avec un sourire qui alla droit au cœur de Jo. Sans un mot, elles se serrèrent tendrement et tout fut oublié et pardonné dans un baiser.

8

UNE EXPÉRIENCE

LE PRINTEMPS PASSA avec ses nouvelles occupations. Le jardin à mettre en ordre. Chaque sœur en avait une partie. Leurs goûts différaient autant que leurs caractères. Les jours allongeaient. Jardinage, promenades à pied, promenades en barque sur la rivière, et même les jours de pluie ne laissaient pas les amis inoccupés.

Puis ce fut le premier juin.

« Les King s'en vont à la mer demain et je suis libre ! Trois mois de vacances ! Comme je vais m'amuser ! s'exclama Meg.

— Tante March est partie aujourd'hui ! Quelle chance ! fit Jo. J'avais une peur atroce qu'elle ne me demande de m'en aller avec elle. Je me suis montrée si douce, si complaisante dans ma hâte de la voir partir que j'ai bien cru qu'elle ne pourrait pas se séparer de moi. J'ai tremblé jusqu'à ce qu'elle soit en voiture et elle m'a fait une frayeur terrible quand, au dernier moment, elle a passé sa tête par la portière en me criant : « José – phine, ne veux-tu pas… » Je n'ai pas entendu la suite. J'ai lâchement tourné le dos et me suis enfuie.

— Pauvre vieille Jo ! Elle est arrivée hors d'haleine comme si elle était poursuivie par des ours, se moqua Beth en caressant les pieds de sa sœur étendue, épuisée, sur le sofa.

— Qu'allez-vous faire de vos vacances ? demanda Amy.

— Je ferai la grasse matinée et je me reposerai, répondit Meg des profondeurs d'un fauteuil à bascule. Après avoir passé des jours et des jours à travailler pour d'autres, je vais faire ce qui me plaît.

— Je passerai mon temps à lire, perchée sur mon vieux pommier et à jouer avec Laurie, déclara Jo.

— Beth, nous pourrions faire comme Meg et Jo, proposa Amy.

— Je ne dis pas non, si maman veut bien. Je voudrais apprendre de nouvelles chansons et mes poupées ont besoin de vêtements pour l'été.

— Qu'en dis-tu, maman ? demanda Meg se tournant vers Mme March qui cousait dans ce que ses filles appelaient « le coin de maman ».

— Vous pouvez en faire l'expérience pendant une semaine et voir si cela vous plaît autant que vous l'imaginez. Je pense que samedi soir vous découvrirez que s'amuser sans jamais travailler est aussi ennuyeux que travailler sans jamais se distraire. »

L'expérience débuta sur l'heure. Le lendemain matin, Meg n'apparut pas avant dix heures ; son petit déjeuner solitaire lui parut moins bon et la pièce semblait déserte et en désordre car Jo n'avait pas mis de fleurs dans les vases, Beth n'avait pas enlevé la poussière et les livres d'Amy gisaient un peu partout. Seul le « coin de maman » était comme à l'accoutumée et Meg s'y assit pour « se reposer et lire », autrement dit bâiller et imaginer les jolies robes d'été qu'elle s'offrirait avec son salaire. Jo passa la matinée sur la rivière avec Laurie et l'après-midi perchée sur son arbre à pleurer sur un livre émouvant. Beth fit de la musique en se réjouissant de n'avoir pas de vaisselle à laver. Amy revêtit sa plus jolie robe blanche, lissa ses boucles et s'assit pour dessiner sous les chèvrefeuilles, dans l'espoir que quelqu'un passerait et demanderait qui était cette jeune artiste. Comme nul ne venait, elle partit se promener, essuya une ondée et revint toute trempée.

En prenant le thé, elles comparèrent leurs impressions et toutes convinrent qu'elles avaient passé une journée délicieuse quoique un peu longue. Meg avait acheté une ravissante mousseline bleue qui, découvrit-elle en coupant le patron, se laverait difficilement, ce qui la mit un peu de mauvaise humeur. Jo avait attrapé un coup de soleil sur le nez en ramant et un bon mal de tête en lisant trop. Beth avait trouvé difficile d'apprendre trois ou quatre chansons en même temps, et Amy regrettait d'autant plus d'avoir mouillé sa belle robe que son amie Katy Brown l'avait invitée à une petite fête le lendemain et qu'elle n'avait « plus rien à se mettre ». Elles assurèrent cependant à leur mère que l'expérience se révélait très agréable. Mme March se contenta de sourire et avec l'aide de Hannah fit le travail qu'elles avaient négligé.

La méthode de se reposer et de s'amuser produisit un curieux état de choses. Les jours semblaient de plus en plus longs, le temps plus variable et les humeurs s'en ressentaient.

Cependant aucune ne voulait avouer qu'elle était lasse de l'expérience. Pour rendre la leçon plus marquante, Mme March, qui ne manquait pas d'humour, décida de la terminer à sa façon. Elle donna congé à Hannah le samedi et laissa ses filles jouir pleinement de leur désir de s'amuser.

Quand elles se levèrent le samedi matin, il n'y avait pas de feu dans la cuisine, pas de petit déjeuner sur la table de la salle à manger et leur mère n'était pas là.

« Seigneur ! Qu'est-il arrivé ? » s'écria Jo en regardant autour d'elle, toute désemparée.

Meg courut à la chambre de sa mère et en revint, soulagée mais déconcertée.

« Maman n'est pas malade, seulement très fatiguée. Elle va se reposer toute la journée et nous laisser nous en tirer comme nous pourrons. Elle a eu une semaine pénible, dit-elle, aussi nous ne devons pas ronchonner mais prendre soin de nous.

— Oh ! Ce n'est pas difficile. Cela me plaît assez. Je mourais d'envie d'avoir quelque chose à faire – enfin, une autre sorte d'amusement », ajouta vivement Jo.

En fait, elles étaient ravies d'avoir un peu de travail à faire, mais elles découvrirent que Hannah n'avait pas tort quand elle disait que ce n'était pas rien de tenir le ménage.

Il y avait beaucoup de provisions dans le garde-manger et pendant que Beth et Amy mettaient le couvert, Meg et Jo préparaient le petit déjeuner, tout en se demandant pourquoi les serviteurs parlaient toujours de « dur travail ».

« Je porterai son petit déjeuner à maman, quoiqu'elle ait dit que nous ne devions pas nous occuper d'elle », dit Meg qui, très maîtresse de maison, présidait la table.

Le thé était amer, l'omelette brûlée, les biscuits trop cuits, mais Mme March remercia vivement et rit de bon cœur après le départ de Meg.

« Pauvres petites, elles vont avoir une rude journée, je le crains, mais cela ne leur fera pas de mal », se dit-elle.

En bas, les plaintes accablèrent la cuisinière en chef.

« Ne t'en fais pas, dit Jo qui s'y connaissait encore moins que Meg en matière culinaire, c'est moi qui vais préparer le déjeuner et tu joueras la maîtresse de maison. Tu garderas de jolies mains blanches, tu recevras aimablement et tu donneras des ordres. »

Cette offre fut aussitôt acceptée et Meg se retira au salon qu'elle rangea rapidement en poussant sous le sofa tout ce qui traînait et en fermant les volets pour qu'on ne vît pas la poussière. Jo, très confiante dans ses talents culinaires, invita Laurie à déjeuner.

« Tu ferais mieux de savoir ce que tu as dans la réserve avant d'inviter les gens, dit Meg en l'apprenant.

— Oh ! Il y a du bœuf en conserve et beaucoup de pommes de terre ; je vais acheter des asperges, une langouste et de la laitue. Je trouverai les recettes dans le livre de cuisine. Pour le dessert nous aurons des fraises à la crème.

— Avant de commander quoi que ce soit, tu ferais bien de demander la permission à maman, dit Meg prudemment.

— Naturellement, je ne suis pas folle. »

Elle monta chez sa mère.

« Achetez tout ce que vous voudrez et ne me dérangez pas. Je déjeunerai dehors et ne veux pas être ennuyée par tous ces détails, dit Mme March. Aujourd'hui je prends des vacances, je vais lire, écrire, aller rendre des visites, enfin me distraire. »

Voir sa mère, habituellement si affairée, se reposer, lire dans la matinée, parut à Jo un événement absolument extraordinaire. Un tremblement de terre ne lui aurait pas fait plus d'effet.

« Il n'y a pas à dire, tout est bizarre aujourd'hui, remarqua-t-elle en redescendant. Tiens, voilà Beth qui pleure ; c'est un signe que ça va mal dans cette famille. Si Amy la taquine, je vais la secouer. »

Jo, qui n'était pas non plus dans son assiette, courut au salon où elle trouva Beth sanglotant sur le cadavre de Pip, son serin.

« C'est ma faute, je l'ai oublié. Je ne lui ai donné ni à boire ni à manger, se lamentait Beth. Oh ! Pip ! Pip ! Comment ai-je pu être aussi cruelle ? »

Jo regarda l'œil à moitié fermé du serin, tâta son petit cœur, secoua la tête et offrit sa boîte de dominos pour lui en faire un cercueil.

« Mets-le dans le four, il se réchauffera peut-être, dit Amy.

— Il est mort de faim. Je ne vais pas le faire rôtir. Je vais l'enterrer dans le jardin et je n'aurai plus jamais d'oiseau, mon Pip !

— Nous l'enterrerons en grande pompe cet après-midi. Ne pleure plus, Beth. Tout va mal cette semaine et Pip a été victime de l'expérience. »

Laissant aux autres le soin de consoler Beth, Jo se rendit à la cuisine qu'elle trouva dans un désordre décourageant. Elle passa un grand tablier et se mit à l'ouvrage. Les assiettes étaient prêtes à être lavées quand elle découvrit que le feu s'était éteint.

« Charmante perspective ! » marmonna Jo, ouvrant brutalement la porte du foyer et tisonnant vigoureusement les cendres.

Après avoir rallumé le feu, elle décida d'aller au marché pendant que l'eau chauffait. Cette sortie la remit de bonne humeur. Se flattant d'avoir fait de bons achats, elle revint à la maison avec une très jeune langouste, de très vieilles asperges et deux cartons de fraises acides.

Mme March partit, après avoir jeté un coup d'œil ici et là, dit un mot de réconfort à Beth qui fabriquait un linceul pour son oiseau. En voyant leur mère s'éloigner, les quatre sœurs eurent un étrange sentiment d'abandon. Le désespoir s'empara d'elles quand, quelques minutes plus tard, apparut Mlle Crocker qui s'invitait à déjeuner. C'était une vieille demoiselle au nez pointu, aux yeux inquisiteurs, à la langue acérée. Elle n'aimait rien tant que de potiner. Les jeunes filles ne l'aimaient pas mais on leur avait appris à être bonnes avec elle parce qu'elle était vieille, pauvre et avait peu d'amies. Aussi Meg se résigna à lui tenir compagnie. Mlle Crocker l'accabla de questions, critiqua tout, raconta des histoires sur tous les gens qu'elle connaissait.

Pendant ce temps, Jo passait par toutes les phases de l'angoisse et le déjeuner qu'elle servit fit l'objet d'une plaisanterie qu'on lui rappela souvent. Elle découvrit qu'il fallait plus que de l'énergie et de la bonne volonté pour faire une bonne cuisinière. Les pointes d'asperges étaient réduites en bouillie tandis que les tiges restaient dures, le pain était brûlé, la vinaigrette trop forte, la langouste était immangeable, les fraises pas mûres.

La pauvre Jo aurait bien voulu se cacher sous la table en voyant les plats à peine entamés. Amy gloussait, Meg avait l'air désemparé, Mlle Crocker pinçait les lèvres, Laurie seul parlait et riait de son mieux pour donner un peu de gaieté au festin. Jo comptait sur les fruits car elle les avait beaucoup sucrés et avait battu de la crème pour manger avec. Mlle Crocker les goûta en premier, fit une grimace et but en hâte un verre d'eau. Jo ne s'était pas servie, craignant qu'il n'y en eut pas assez pour tout le monde et regardait Laurie qui mangeait de son mieux, le regard fixé sur son assiette. Amy prit une grande cuillerée, s'étouffa, se cacha le visage dans sa serviette et quitta la table précipitamment.

« Qu'y a-t-il ? s'exclama Jo en tremblant.

— Du sel au lieu de sucre et la crème est tournée », répondit Meg avec un geste tragique.

Jo poussa un petit cri et s'effondra sur sa chaise. Elle devint écarlate et était sur le point de pleurer quand son regard croisa celui de Laurie ; le côté comique de l'aventure la frappa alors, et elle se mit à rire aux larmes, bientôt imitée par tous y compris par Mlle Crocker. Le malheureux déjeuner finit dans la joie avec du pain, du beurre, des olives et des rires.

« Je n'ai pas le courage de desservir maintenant, alors nous allons procéder aux funérailles », dit Jo en se levant.

Mlle Crocker partit pour aller en hâte raconter cette histoire à d'autres amies qui lui offriraient un meilleur repas.

Par amitié pour Beth, ses sœurs et Laurie prirent un air grave. Laurie creusa une tombe sous des fougères. Pip y fut enterré sous les larmes de sa tendre maîtresse. Puis on recouvrit sa tombe de mousse, d'un bouquet de violettes et on grava sur une pierre une épitaphe composée par Jo.

Ici repose Pip March
Mort le 7 juin
Tendrement aimé et regretté.
Il ne sera pas de sitôt oublié.

À la fin de la cérémonie, Beth, bouleversée par l'émotion, se retira dans sa chambre, mais les lits n'étaient pas faits et son chagrin s'apaisa en secouant les oreillers et en remettant la pièce en ordre. Meg aida Jo à ranger les restes du festin, ce qui leur prit la moitié de l'après-midi. Laurie emmena Amy faire une promenade en voiture, acte très charitable compte tenu de l'influence néfaste de la crème aigre sur l'humeur de la petite fille.

Quand Mme March revint au milieu de l'après-midi, elle trouva trois filles travaillant activement et un seul regard sur le désordre lui permit de juger du résultat positif de son expérience.

Avant que les maîtresses de maison n'aient eu le temps de se reposer, plusieurs visites arrivèrent. Elles durent se dépêcher pour se préparer à les recevoir, puis il fallut faire des courses, préparer le thé. Quand vint le crépuscule, elles se réunirent sur le seuil du jardin où les roses de juin commençaient à fleurir et chacune soupira ou bougonna en s'asseyant, fatiguée ou troublée.

« Quelle affreuse journée cela a été ! » commença Jo qui était toujours la première à prendre la parole.

Comme elle disait ces mots, Mme March vint les rejoindre. Sa journée de congé ne semblait pas avoir été beaucoup plus plaisante que celle de ses filles.

« Êtes-vous contentes de votre expérience et désirez-vous la prolonger une semaine de plus ? » demanda-t-elle.

Beth se blottit contre elle, les autres tournèrent vers elle des visages soudain éclairés, comme des fleurs par le soleil.

« Ah, non ! s'écria Jo, d'un ton décidé.

— Non, non, firent en écho trois autres voix.

— Vous pensez alors qu'il vaut mieux travailler un peu et vivre un peu pour les autres, n'est-ce pas ?

— Je suis fatiguée de ne rien faire, observa Jo en secouant sa tête. Je veux apprendre quelque chose tout de suite.

— Et si tu apprenais à faire un peu la cuisine, c'est une chose que toute femme doit savoir », dit Mme March.

Elle riait en son for intérieur au souvenir du récit que lui avait fait Mlle Crocker qu'elle avait rencontrée.

« Maman est-ce exprès que tu es partie nous laissant seules pour voir comment nous nous en tirerions ? s'écria Meg, qui avait nourri ce vague soupçon toute la journée.

— Oui, je voulais vous faire comprendre que la joie de tous dépend du concours de chacun. Quand Hannah et moi nous avons accompli vos tâches, tout allait bien pour vous mais je ne crois pas que vous étiez ni très heureuses ni très aimables. Aussi j'ai voulu vous donner une petite leçon et vous montrer ce qui arrive quand chacun ne pense qu'à soi. Exécuter des tâches quotidiennes rend les loisirs plus doux. Et ainsi on peut avoir un foyer agréable.

— Oh ! oui, firent-elles. Et nous nous souviendrons de la leçon. »

Et c'est ce qu'elles firent.

9

LE PIQUE-NIQUE

Beth était chargée du courrier. Elle aimait aller ouvrir la petite porte de la boîte à lettres et distribuer son contenu. Un jour de juillet, elle revint les mains pleines.

« Voici ton bouquet, maman ! Laurie ne l'oublie jamais. Pour toi, Meg, une lettre et un gant.

— J'avais oublié une paire de gants et il n'y en a qu'un, fit Meg en regardant le gant de coton gris. N'as-tu pas laissé tomber l'autre dans le jardin ?

— Non, il n'y en avait qu'un dans la boîte.

— Bah ! Je retrouverai peut-être le second. Ma lettre est la traduction d'une chanson allemande que je désirais ; ce doit être M. Brooke qui l'a faite car ce n'est pas l'écriture de Laurie. »

Mme March regarda Meg. Comme elle était jolie dans sa simple robe matinale, avec des bouclettes voltigeant autour de son front ; très petite femme déjà, cousant ainsi devant sa table à ouvrage !

« Du courrier pour le "docteur Jo", un livre et un drôle de vieux chapeau qui recouvrait toute la boîte, dit Beth en riant et en entrant dans la pièce où Jo écrivait.

— Quel taquin, ce Laurie ! J'ai dit que je regrettais que les grands chapeaux ne soient pas à la mode parce que j'attrape un coup de soleil sur le visage chaque fois que le soleil est trop chaud. Il m'a répondu : “Pourquoi te soucier de la mode ? Porte un grand chapeau et sois à l'aise !” Je lui ai dit que je n'en avais pas et il m'envoie celui-ci. Je vais le mettre pour m'amuser et lui montrer que je ne me soucie pas de la mode. »

Elle lut le mot de Laurie qui accompagnait le chapeau.

> « Chère Jo
>
> Salut !
>
> Quelques amis anglais, garçons et filles, viennent me voir demain, et j'ai envie de bien m'amuser. S'il fait beau, je vais planter ma tente à Longmeadow, et emmener toute la bande en barque pour déjeuner, jouer au croquet, faire un feu de camp, vivre en sauvage, à la bohémienne, et rire de toutes les façons. Ce sont des gens sympathiques qui aiment ce genre de choses. Brooke viendra pour aider les garçons à ne pas dépasser les bornes et Kate Vaughn en fera autant pour les filles. Je veux que vous veniez toutes. Impossible de se passer de Beth. À aucun prix ! Et personne ne la tourmentera. Ne vous inquiétez pas pour les provisions. Je me charge de tout. Mais venez, je vous en prie. C'est promis !
>
> En toute hâte
>
> Vôtre à jamais
>
> Laurie. »

« Formidable ! s'écria Jo en courant annoncer la nouvelle à Meg. Tu nous permets d'y aller, maman, n'est-ce pas ? Nous aiderons Laurie, je sais ramer, Meg s'occupera du déjeuner et les petites se rendront utiles d'une manière ou de l'autre.

— J'espère que les Vaughn ne sont pas prétentieux. Les connais-tu, Jo ? demanda Meg.

— Ils sont quatre. Kate est un peu plus âgée que toi, Fred et Frank, les jumeaux, ont mon âge, la petite Grace doit avoir neuf ou dix ans. Laurie les a rencontrés en Europe et ils lui ont plu, mais il a la bouche pincée quand il parle de Kate et je ne crois pas qu'il l'aime beaucoup.

— Je suis contente que ma robe imprimée soit propre ; c'est exactement ce qui convient et elle me va si bien ! observa Meg. Que vas-tu mettre, Jo ?

— Mon ensemble rouge et gris, tout à fait ce qu'il faut pour ramer et s'amuser. Tu viendras Beth ?

— Si tu empêches les garçons de me parler.

— Ils ne te diront pas un mot !

— Je veux faire plaisir à Laurie et je n'ai pas peur de M. Brooke, il est si gentil. Mais je ne veux ni jouer, ni chanter, ni parler. Et tu prendras soin de moi, Jo.

— Promis.

— J'ai eu une lettre de M. Laurence. Il me demande de venir jouer du piano pour lui en fin d'après-midi. J'irai, ajouta Beth dont l'amitié pour le vieux monsieur progressait à vue d'œil.

— Maintenant, vite au travail, pour en faire deux fois plus aujourd'hui, et nous amuser demain, l'esprit libre », dit Jo, qui se préparait à remplacer sa plume par un balai.

Le lendemain matin, il régnait un joyeux branle-bas dans les deux maisons. Beth, qui était prête la première, annonçait à ses sœurs ce qui se passait à côté.

« M. Laurence jette un coup d'œil au ciel et à la girouette. Je voudrais bien qu'il vienne lui aussi. Oh ! voilà Laurie en tenue de marin. Et voilà une voiture pleine de gens – une grande dame, une petite fille et deux terribles garçons. L'un d'eux boite ; le pauvre il a une béquille ! Laurie ne nous l'avait pas dit. Tiens, Ned Moffat. Regarde, Meg, n'est-ce pas là le jeune homme qui t'a saluée l'autre jour quand nous faisions des commissions ensemble ?

— Oui, c'est bien lui. C'est curieux qu'il soit venu. Je le croyais parti pour les montagnes Rocheuses. Voilà Sallie Gardiner ; je suis contente qu'elle soit revenue à temps. Comment me trouves-tu, Jo ? demanda Meg très agitée.

— Ravissante. Relève ta robe et redresse ton chapeau. Il a un petit air sentimental, penché de cette façon, et il s'envolera au premier souffle de vent. Allons, en route.

— Oh ! Jo, tu ne vas pas porter cet horrible chapeau ? C'est absurde, protesta Meg en la voyant attacher avec un ruban rouge le chapeau à larges bords que Laurie lui avait envoyé pour s'amuser.

— Si, il est léger et m'abritera très bien du soleil. Et puis cela m'est égal qu'on rie de moi. »

Et Jo s'éloigna suivie de ses sœurs. Quatre visages heureux sous leurs chapeaux de paille.

Laurie courut à leur rencontre et les présenta très gentiment à ses amies. Meg fut contente de voir que Kate était habillée avec une grande simplicité et très flattée de s'entendre dire par Ned Moffat qu'il était venu spécialement pour elle. Jo comprit pourquoi Laurie pinçait la bouche en parlant de Kate car cette jeune personne de vingt ans avait un air distant qui contrastait avec l'attitude libre et

Et Jo s'éloigna suivie de ses sœurs.
Quatre visages heureux sous leurs chapeaux de paille.

simple des autres jeunes filles. Beth observa les garçons et décida que le boiteux n'était pas « terrible » du tout mais harmant et faible. Elle serait gentille avec lui. Grace plut à Amy et, après être restées quelques minutes sur leurs gardes, elles devinrent soudain très bonnes amies.

Le matériel avait été envoyé à l'avance. Tout le monde embarqua donc dans deux bateaux. Laurie et Jo prirent les rames de l'un, M. Brooke et Ned celles de l'autre tandis que Fred Vaughn, le plus turbulent des jumeaux, faisait de son mieux pour les renverser en pagayant dans tous les sens avec son petit canot, comme une nèpe qu'on aurait dérangée.

Le drôle de chapeau de Jo se révéla utile à tous, car il commença par briser la glace et faire rire tout le monde, puis comme il battait des ailes à chaque coup de rame, il offrit une brise rafraîchissante aux passagers, en attendant de leur servir de parapluie en cas d'averse.

Kate restait ébahie devant les façons de Jo, surtout quand elle s'exclama « Nom d'une pipe ! » en perdant sa rame, et quand Laurie, lui ayant marché sur les pieds pour regagner sa place, s'excusa en disant : « Je t'ai blessé, mon ami ? » Mais après avoir pris son face-à-main pour examiner à plusieurs reprises cette curieuse jeune fille, Mlle Kate décida qu'elle était « bizarre, mais plutôt intelligente » et daigna lui sourire.

Dans l'autre barque, Meg se trouvait agréablement placée face aux rameurs, qui tous deux l'admiraient et maniaient leurs rames avec une « habileté et une dextérité » toutes particulières. M. Brooke était un jeune homme grave et silencieux avec de beaux yeux bruns et une voix agréable. Meg aimait ses manières calmes et le considérait comme une encyclopédie vivante très utile. Il ne lui parlait pas beaucoup, mais la regardait très souvent, et elle était sûre qu'il la considérait sans répugnance. Ned, qui était à l'Université, se croyait obligé comme tous les étudiants de première année de prendre certains airs ; il n'était pas très malin, mais c'était un bon garçon, de ceux qu'on aime emmener en pique-nique. Sallie Gardiner était très préoccupée de garder propre sa robe de piqué blanc, et de bavarder avec Fred qui semblait être partout à la fois et maintenait Beth dans un état de terreur constante en faisant le fou avec son canot.

Longmeadow n'était pas loin de la maison de M. Laurence. Mais la tente était déjà dressée quand ils arrivèrent.

« Bienvenue au camp Laurence ! s'écria Laurie. M. Brooke est commandant en chef, je serai le commissaire général et les autres garçons seront les officiers d'état-major. Vous, mesdames, vous serez nos aimables invitées. La tente est réservée à votre usage ; ce chêne est le salon, celui-ci la salle à manger et celui-là la cuisine du camp. Maintenant faisons une partie de croquet avant que la chaleur ne soit trop forte, ensuite nous déjeunerons. »

Frank, Beth, Amy et Grace s'assirent pour regarder jouer les autres. M. Brooke prit dans son camp Meg, Kate et Fred ; Laurie choisit Sallie, Jo et Ned. Les Anglais jouaient bien, les Américains mieux. Jo et Fred échangèrent quelques mots vifs, mais tout s'arrangea.

« Il est l'heure de déjeuner, messieurs et mesdames, dit enfin M. Brooke en consultant sa montre. Monsieur le commissaire général voudriez-vous allumer le feu et chercher de l'eau pendant que Meg, Sallie et moi nous mettrons le couvert ! Qui sait faire du bon café ?

— Jo ! » s'écria Meg toute contente de mettre sa sœur en valeur.

Et Jo, sentant que les leçons de cuisine qu'elle avait prises dernièrement lui feraient honneur, alla veiller sur la cafetière. Les petites ramassaient du bois sec, les garçons allumaient le feu et allaient chercher de l'eau à une source voisine. Kate dessinait et Frank bavardait avec Beth, qui tressait des brins de jonc pour faire des petites assiettes.

Le commandant en chef et ses aides eurent bientôt étalé une nappe couverte de mets appétissants et décorée de feuilles vertes. Jo annonça que le café était prêt et tous s'installèrent pour faire honneur au festin. L'exercice et le grand air leur avaient creusé l'appétit. Ce fut un joyeux repas. Les bruyants éclats de rire faisaient lever la tête à un vénérable cheval qui broutait non loin.

« Peut-être préfères-tu du sel ? dit Laurie à Jo en lui tendant un panier de fraises.

— Merci, je préfère les araignées, répondit-elle en pêchant deux de ces imprudentes bestioles dans son assiette de crème. Comment oses-tu me rappeler cet horrible déjeuner, alors que le tien est si réussi ? »

Ils rirent tous deux de bon cœur et mangèrent dans la même assiette, car il en manquait.

« Qu'allons-nous faire quand nous ne pourrons plus rien avaler ? demanda Laurie.

— Jouons jusqu'à ce qu'il fasse plus frais, répondit Jo. Kate connaît certainement des jeux nouveaux et amusants. Va le lui demander ; elle est ton invitée et je pense que tu devrais lui tenir un peu plus compagnie.

— N'es-tu pas mon invitée aussi ? Je supposais que Brooke s'en occuperait, mais il ne cesse de parler avec

Meg. C'est bon, j'y vais, mais c'est inutile de m'enseigner les bonnes manières, demoiselle Jo, cela vous est impossible. »

Kate connaissait en effet différents jeux et ils allèrent sous le chêne-salon jouer au « rigmarole ». Quelqu'un commençait une histoire, n'importe laquelle, s'arrêtait court à un moment palpitant, le suivant prenait la relève et ainsi de suite. Cela produisait des effets très comiques quand le jeu était bien mené.

« Commencez, s'il vous plaît, M. Brooke, dit Kate.

— Il était une fois un chevalier qui partit chercher fortune de par le monde. Il ne possédait pour tout bien que son épée et son bouclier. Il voyagea longtemps, près de vingt-huit ans, avant d'arriver au palais d'un roi vieux et bon, qui avait offert une récompense à quiconque pourrait dompter et dresser un beau cheval très sauvage qu'il aimait beaucoup. Le chevalier demanda à essayer et il réussit à force de patience. Tous les jours, le chevalier entraînait l'animal favori du roi en l'emmenant à travers les rues de la cité. Tout en chevauchant il cherchait du regard un visage ravissant qui hantait ses rêves. Un jour il vit ce ravissant visage à la fenêtre d'un château en ruine. Tout heureux, il demanda qui habitait ce vieux château. On lui répondit que plusieurs princesses y étaient retenues par un sort et devaient filer de la laine pour gagner l'argent de leur rançon. Le chevalier était pauvre et ne savait que faire. Enfin il résolut d'entrer dans le château et de demander aux princesses comment il pourrait les aider. Il frappa. La porte s'ouvrit en grand et il… »

M. Brooke s'arrêta.

« … aperçut une ravissante jeune fille, reprit Kate, qui s'écria en le voyant : "Enfin ! Enfin !"

« Commencez, s'il vous plaît, M. Brooke, dit Kate.
— Il était une fois un chevalier qui partit chercher fortune de par le monde.

« — C'est elle ! » s'exclama le comte Gustave.

« Et il tomba à ses pieds dans une extase de joie.

« — Oh ! relevez-vous ! dit-elle en lui tendant une main diaphane.

« — Non, pas avant que vous m'ayez dit comment je puis vous secourir.

« — Hélas ! Un sort cruel me condamne à rester là jusqu'à ce que mon tyran soit mort.

« — Où est ce misérable ?

« — Dans le salon mauve. Allez, brave cœur et sauvez-moi du désespoir.

« — J'obéis et reviendrai victorieux ou je mourrai. »

« Sur ces paroles émouvantes, il se précipita, ouvrit brutalement la porte du salon et allait entrer quand il reçut…

— … sur la tête un gros dictionnaire grec qu'un vieux monsieur en habit noir lui avait lancé, continua Ned Moffat. À peine ébranlé par ce coup, le chevalier Je-ne-sais-plus-son-nom jeta le tyran par la fenêtre, se tourna pour rejoindre sa dame, victorieux, mais avec une belle bosse au front. Las ! la porte était fermée. Il déchira des rideaux, s'en fit une corde, descendit mais un nœud se défit et il tomba tête la première dans une douve profonde. Il nageait comme un canard et parvint à une petite porte gardée par deux solides gaillards ; il leur cogna la tête l'une contre l'autre jusqu'à ce qu'elles craquent comme des noix, puis grâce à sa force prodigieuse, il enfonça la porte, gravit des marches couvertes de mousse, grouillantes de crapauds énormes et d'araignées si grosses qu'elles vous auraient donné une crise de nerfs, Meg. Au sommet de l'escalier, il vit quelque chose qui lui coupa le souffle, lui glaça le sang…

— Une grande forme blanche, toute voilée, une bougie à la main, reprit Meg. La forme lui fit signe de le suivre et glissa sans bruit le long d'un corridor aussi froid et sombre qu'un tombeau. De chaque côté, des statues portant des armes. Un silence de mort régnait. La chandelle répandait une lumière bleue et la silhouette fantomatique se retournait de temps à autre vers lui, montrant des yeux luisants et terribles à travers le voile blanc. Enfin, ils arrivèrent devant une porte derrière laquelle résonnait une douce musique ; le chevalier bondit pour entrer mais le spectre le rejeta en arrière et brandit d'un air menaçant…

— … une tabatière, fit Jo d'une voix d'outre-tombe qui fit se tordre de rire l'auditoire.

« — Merci », dit le chevalier poliment en prenant une prise qui le fit éternuer sept fois si violemment que sa tête se détacha et tomba. Le spectre éclata de rire. Ayant coulé un regard par le trou de la serrure pour s'assurer que les princesses filaient toujours, le cruel esprit ramassa sa victime, l'enferma dans une grande boîte en fer-blanc où étaient déjà entassés onze autres chevaliers sans tête, comme des sardines, qui tous se levèrent et commencèrent à…

— … danser une gigue, coupa Fred comme Jo s'arrêtait pour reprendre haleine. Et pendant qu'ils dansaient, le vieux château se changea en bateau de guerre.

« — Serrez les voiles, souquez ferme. Armez les canons ! » rugit le capitaine.

« Un pirate portugais apparaissait en vue, pavillon noir battant à la pomme du mât.

« — Courage ! les enfants ! » dit le capitaine.

« Et un combat terrible s'engagea. Bien entendu les Anglais remportèrent la victoire comme toujours. »

— Non, pas toujours ! protesta Jo.

« Le capitaine anglais fit jeter le chef pirate à l'eau. Le rusé pirate nageait très bien, il plongea sous le vaisseau anglais et l'entraîna au fond de la mer, mer, mer, où...

— Oh ! mon Dieu ! Que vais-je dire ? s'écria Sallie comme Fred s'interrompait. Eh bien au fond de la mer, ils furent accueillis par une charmante sirène qui fut très attristée en découvrant tous ces chevaliers sans tête dans la boîte en fer-blanc. Curieuse, elle espérait découvrir le mystère qui les entourait. Un jour, un plongeur descendit jusqu'à elle. « Cette boîte de perles est à vous si vous pouvez la remonter à la surface », dit-elle, car elle n'avait pas la force de soulever seule un tel poids et elle voulait rendre à la vie les pauvres chevaliers. Le plongeur remonta donc la boîte sur le rivage et fut tout déçu de n'y pas trouver des perles. Il l'abandonna dans un grand champ désert où elle fut trouvée par...

— ... une petite gardeuse d'oies qui conduisait au champ une centaine d'oies grasses, dit Amy quand Sallie s'arrêta court à bout d'imagination. Elle fut très attristée à la vue de ces pauvres chevaliers et demanda à une vieille femme ce qu'elle pourrait faire pour leur venir en aide. « Vos oies vous le diront, elles savent tout », dit la vieille. La petite fille s'adressa aux oies qui ouvrirent leurs cent becs pour crier...

« — Des choux ! fit vivement Laurie.

« — C'est ce qu'il faut, se dit la petite fille et elle courut dans son jardin chercher douze beaux choux. Elle les plaça aussitôt sur le cou des chevaliers. Ils la remercièrent et s'en allèrent, tout réjouis, sans se douter de la différence, car il y a beaucoup de têtes comme cela de par le monde. Le chevalier qui nous intéresse retourna trouver la ravissante princesse, et apprit que toutes les princesses avaient filé assez de laine pour se libérer et s'étaient mariées, sauf une. Il se précipita au château, monté sur son cheval fidèle. Passant la tête par-dessus la haie, il vit la reine de son cœur cueillant des fleurs.

« — Me donnerez-vous une rose ? dit-il.

« — Venez la chercher. »

« Il essaya de franchir la haie qui ne cessait de grandir…

— À toi, Frank !

— Ah non, je ne peux pas, je ne joue jamais », fit une voix suppliante.

Quant à Beth elle se cachait derrière Jo, et Grace s'était endormie.

« Eh bien, laissons là le chevalier et sa princesse et parions qu'ils se sont rejoints, dit M. Brooke. Passons à d'autres occupations.

— Connaissez-vous le jeu de la vérité ? demanda Sallie.

— Qu'est-ce que c'est ? dit Fred.

— Eh bien, vous empilez vos mains les unes sur les autres et choisissez un numéro. Puis vous retirez votre main chacun à votre tour. La personne qui la retire à ce numéro doit répondre sincèrement à toutes les questions posées par les autres. C'est très amusant.

— Essayons », dit Jo, qui aimait faire des expériences.

Fred, Sallie, Jo et Laurie acceptèrent de jouer. Le sort tomba sur Laurie.

« Qui sont tes héros ? demanda Jo.

— Grand-père et Napoléon.

— Quelle dame trouves-tu la plus jolie ici ? questionna Sallie.

— Margaret.

— Laquelle aimes-tu le mieux ? dit Fred.

— Jo, bien sûr.

— Quelles questions stupides vous posez ! » Et Jo haussa les épaules de dédain, tandis que les autres riaient de la réponse toute naturelle de Laurie.

« Essayez encore, la Vérité n'est pas un si mauvais jeu, constata Fred.

— Il est excellent pour toi », répliqua Jo à voix basse. C'était à son tour.

« Quel est ton plus grand défaut ? demanda Fred.

— Un caractère emporté.

— Que désires-tu le plus ? dit Laurie.

— Une paire de lacets, rétorqua Jo, devinant et déjouant son propos.

— Pas honnête ! Tu dois dire ce que tu désires vraiment le plus.

— Le génie ; tu ne souhaiterais pas pouvoir me le donner, Laurie ? et elle sourit malicieusement devant son air désappointé.

— Quelles vertus admires-tu le plus chez un homme ? demanda Sallie.

— Le courage et l'honnêteté.

— À mon tour, dit Fred, qui était le dernier.

— Il ne faut pas le rater, murmura Laurie à Jo, qui opina du bonnet et demanda illico :

— Est-ce que tu n'as pas triché au croquet ?

— Eh bien… oui, un petit peu.

— Bien ! Est-ce que tu n'as pas tiré ton histoire du « Lion de Mer » ? dit Laurie.

— Plutôt.

— Est-ce que tu ne penses pas que la nation anglaise est parfaite en tous points ? demanda Sallie.

— J'aurais honte de moi si je ne le pensais pas.

— C'est un vrai John Bull. Maintenant, mademoiselle Sallie, vous allez avoir votre chance sans avoir à tirer au sort. Je vais vous hérisser d'abord en vous demandant si vous n'êtes pas un peu flirt, dit Laurie, tandis que Jo faisait signe à Fred que la paix était signée.

— Tu es un impertinent ! Bien sûr que non ! s'exclama Sallie, d'un air qui disait le contraire.

— Que détestes-tu le plus ? demanda Fred.

— Les araignées et le gâteau de riz.

— Qui aimes-tu le mieux ? demanda Jo.

— La danse et les gants français.

— Eh bien, je pense que le jeu de la Vérité est un jeu stupide, nous ferions mieux d'en rester là. »

Ned monta sur le vieux cheval pour faire montre de ses talents équestres devant ces demoiselles.

Tous se mirent à parler chevaux.

Frank, assis derrière les petites filles, eut un mouvement d'humeur et jeta sa béquille au loin à la vue des autres qui gambadaient et faisaient mille folies. Beth leva la tête et avec timidité lui demanda :

« Vous êtes fatigué, n'est-ce pas, que puis-je faire pour vous ?

— Parlez-moi, s'il vous plaît ; c'est triste d'être assis tout seul », répondit Frank qui avait de toute évidence l'habitude d'être plus gâté chez lui.

S'il avait demandé à la timide Beth de lui faire un discours latin, la tâche n'aurait pas paru plus difficile à la petite fille ; mais il n'y avait pas de Jo derrière laquelle se cacher et le pauvre garçon la regardait d'un air si malheureux qu'elle résolut bravement d'essayer.

« De quoi aimez-vous parler ? demanda-t-elle.

— De cricket, de bateau, de chasse, dit Frank. Je chassais quand je suis tombé en sautant par-dessus une clôture et c'est fini pour moi. »

Pauvre Beth, elle avait commis une gaffe dans toute l'innocence de son cœur.

« Vos cerfs sont beaucoup plus jolis que nos vilains buffles », dit-elle, se tournant vers la prairie pour avoir de l'aide et se félicitant d'avoir lu un des livres de garçons que Jo aimait tant.

Les buffles se montrèrent un sujet de conversation très satisfaisant et dans son désir de distraire le garçon, Beth oublia sa timidité. Elle ne vit pas la surprise et la joie de ses sœurs aînées devant le spectacle inhabituel d'une Beth bavardant avec un de ces « affreux garçons » contre lesquels elle avait imploré leur protection.

« Comme elle est bonne ! Elle a pitié de lui, fit Jo, tout heureuse en l'observant du terrain de croquet.

— J'ai toujours dit que c'était une petite sainte », ajouta Meg.

Un jeu du renard et de l'oie, une partie de croquet amicale terminèrent l'après-midi. Au crépuscule on chargea tout le matériel à bord des bateaux. Tous embarquèrent et le groupe descendit la rivière en chantant.

Sur la pelouse où ils s'étaient rassemblés le matin, les invités de Laurie se séparèrent et se firent des adieux car les Vaughn partaient pour le Canada.

10

CHÂTEAUX EN ESPAGNE

PAR UN CHAUD après-midi de septembre, Laurie se balançait dans son hamac se demandant ce que faisaient ses voisines mais trop paresseux pour aller le voir.

Il était d'une humeur massacrante. La matinée s'était mal passée. Il avait mis à l'épreuve la patience de M. Brooke, déplu à son grand-père en jouant trop longtemps du piano, effrayé les servantes en leur racontant qu'un des chiens devenait enragé, rudoyé le valet d'écurie sous le prétexte que celui-ci avait négligé son cheval, et s'était jeté dans son hamac pour fulminer sur la stupidité du monde en général jusqu'à ce que la paix de cette belle journée l'eût calmé malgré lui.

En regardant les feuilles vertes du marronnier, il se laissait aller à toutes sortes de rêves. Il s'imaginait voguant sur l'océan, faisant le tour du monde, quand un bruit de voix le ramena à terre. Tournant la tête, il vit les quatre sœurs March sortir de chez elles comme pour partir en expédition.

« Où diable peuvent-elles bien aller ? » se demanda-t-il.

Quelque chose dans l'apparence de ses voisines le frappa. Chacune d'elles portait un grand chapeau, un sac en lin brun sur l'épaule et un long bâton. Meg tenait en outre un coussin, Jo un livre, Beth un panier et Amy un album. Elles commencèrent à gravir la petite colline qui séparait la maison de la rivière.

« Oser partir en pique-nique sans même m'en parler, se dit Laurie, outré. Elles ne peuvent pas prendre la barque puisqu'elles n'ont pas la clef du hangar. Elles l'ont oubliée sans doute, je vais la leur apporter et voir ce qui se passe. »

Il chercha la clef en vain et finit par la découvrir dans sa poche, si bien que les jeunes filles étaient hors de vue quand il bondit par-dessus la haie pour les rattraper. Il prit le plus court chemin pour gagner le hangar et les attendit en vain. Il gravit la colline pour gagner un poste d'observation. Un bois de pins la recouvrait en partie.

Quelle charmante scène s'offrit à ses yeux : les quatre sœurs s'étaient installées dans un coin bien ombragé. Meg, assise sur son coussin, cousait avec délicatesse. Au milieu de cette verdure, dans une robe claire, elle était aussi fraîche et jolie qu'une rose. Beth ramassait des pommes de pin avec lesquelles elle façonnait de jolies choses. Amy dessinait des fougères et Jo tricotait tout en lisant à haute voix. Une ombre passa sur le visage du jeune garçon tandis qu'il les observait ; il avait le sentiment de devoir s'en aller, puisqu'on ne l'avait pas invité. Mais sa maison était très solitaire et ce groupe l'attirait. Il restait immobile, si bien qu'un écureuil fort occupé à faire sa récolte laissa rouler une pomme de pin près de lui, ne le vit pas tout de suite et fit un bond en arrière en poussant un cri aigu. Beth leva la tête, aperçut le visage triste et lui adressa un petit signe rassurant.

« Puis-je venir, s'il vous plaît ? Ou est-ce que je vous dérange ? » demanda-t-il en s'avançant lentement.

Meg fronça les sourcils mais Jo la gronda du regard et dit aussitôt :

« Bien sûr tu peux venir. Nous te l'aurions proposé mais nous pensions que ces jeux de filles ne pouvaient pas t'intéresser.

— J'aime toujours vos jeux, mais si Meg ne veut pas de moi, je m'en vais.

— Je n'ai pas d'objection si tu fais quelque chose. La règle exige que l'on ne soit pas oisif ici, répondit Meg gravement mais gracieusement.

— Grand merci. Je ferai n'importe quoi si vous me permettez de rester un peu, car en bas, c'est aussi morne que le désert du Sahara. Dois-je coudre, lire, ramasser des pommes de pin, dessiner ? Je suis prêt à tout. »

Et Laurie s'assit à terre avec une telle expression de soumission qu'il eût été difficile de ne pas se laisser attendrir.

« Fais-nous la lecture pendant que je termine mon talon », lui dit Jo en tendant son livre.

Et il fit de son mieux pour montrer sa gratitude d'avoir eu la faveur d'être admis dans la « Société des Abeilles diligentes ».

L'histoire n'était pas longue. Quand elle fut finie, il s'aventura à poser quelques questions.

« S'il vous plaît, mesdemoiselles, puis-je demander si cette institution hautement instructive et charmante est nouvelle ?

— Êtes-vous d'accord pour le lui dire ? demanda Meg à ses sœurs.

— Il va rire, dit Amy.

— Quelle importance ? fit Jo.

— Je parie que cela lui plaira, ajouta Beth.

— Certainement, et je vous promets de ne pas rire. Allons, dis-le Jo et n'aie pas peur.

— Avoir peur de toi, quelle idée ! Eh bien nous avons essayé de ne pas perdre nos vacances, chacune a eu une tâche à accomplir. Toutes sont faites et nous sommes très contentes de ne pas avoir paressé.

— Vous avez eu raison, fit Laurie en pensant avec regret à sa propre oisiveté.

— Tout en travaillant, nous rêvons, nous bâtissons une cité merveilleuse, dit Beth.

— Ne serait-ce pas amusant si tous les châteaux en Espagne que nous faisons devenaient réalité et que nous puissions vivre dedans ? dit Jo après un petit silence.

— J'en ai tant fait que j'aurais peine à choisir, dit Laurie en jetant une pomme de pin à l'écureuil qui l'avait trahi.

— Quel est ton préféré ? demanda Meg.

— Si je te dis le mien, me diras-tu le tien ?

— Oui, si les autres le font aussi.

— Promis. À toi, Laurie, dit Jo.

— J'aimerais faire le tour du monde et, après, m'établir en Allemagne et faire autant de musique que je le voudrais. Je serais un musicien célèbre, ne serais jamais troublé par des questions d'argent ou d'affaires, je ferais ce que j'aime. Voilà mon rêve préféré. Et toi, Meg, quel est le tien ? »

Meg semblait trouver difficile de raconter le sien. Elle agita une feuille devant son visage pour en chasser des insectes imaginaires, puis elle dit lentement :

« J'aimerais avoir une jolie maison avec toutes sortes d'objets luxueux – de jolis vêtements, de beaux meubles, des amis agréables et beaucoup d'argent. J'aurais plusieurs serviteurs et n'aurais pas à travailler. Mais je ne resterais pas oisive, je ferais le bien autour de moi et me ferais aimer de tous.

— Pourquoi n'ajoutes-tu pas que tu aurais un bon, un merveilleux mari et des petits enfants angéliques ? Tu sais bien que ton château ne serait pas parfait sans cela, dit Jo brutalement.

— Et toi, tu n'aurais que des chevaux, des encriers et des livres dans le tien, répondit Meg avec fougue.

— Peut-être. J'aurais une écurie pleine de chevaux pur sang, des bibliothèques bourrées de livres et j'écrirais avec un encrier magique, si bien que mes œuvres seraient aussi célèbres que la musique de Laurie. J'aimerais aussi auparavant faire quelque chose d'héroïque ou d'exceptionnel, qui ne serait pas oublié après ma mort. Je ne sais pas quoi, mais je cherche et j'entends vous étonner un jour. Voilà mon rêve favori.

— Le mien est de rester à la maison avec papa et maman et de les aider à prendre soin de la famille, dit Beth.

— Ne souhaites-tu rien d'autre ? demanda Laurie.

— Depuis que j'ai mon piano, je suis parfaitement heureuse. Je désire seulement que nous restions tous ensemble et contents, rien de plus.

— De tous mes souhaits, le premier est d'être une artiste, d'aller à Rome et de peindre de beaux tableaux, en somme, d'être le plus grand peintre du monde, dit modestement Amy.

— Nous sommes tous plutôt ambitieux, n'est-ce pas, fit Laurie en mâchonnant un brin d'herbe. Tous sauf Beth. Savoir qui parmi nous réalisera tout ce qu'il désire.

— J'ai bien la clef de mon château en Espagne, observa Jo, mais reste à savoir si je saurai ouvrir la porte.

— Voilà la mienne ! fit Amy en agitant son crayon.

— Je n'en ai pas, fit Meg tristement.

— Si, fit aussitôt Laurie.

— Où ?

— Dans ton visage. »

Meg rougit derrière la feuille mais ne posa pas de questions.

« Dans dix ans, retrouvons-nous ici et nous verrons ceux d'entre nous dont les souhaits se seront accomplis, déclara Jo.

— Miséricorde, que je serai vieille – vingt-sept ans ! s'exclama Meg qui venait d'avoir dix-sept ans et se sentait déjà adulte.

— Toi et moi nous en aurons vingt-six, Laurie, Beth vingt-quatre et Amy vingt-deux. Quelle vénérable société nous formerons, dit Jo.

— J'espère que d'ici là j'aurai fait quelque chose dont je pourrai être fier ; mais je suis si paresseux que j'ai peur de “musarder”, soupira Laurie.

— Maman dit que tu as besoin d'avoir un but ; quand tu l'auras, elle est sûre que tu travailleras magnifiquement.

— Si c'est ce qu'elle dit, je le ferai, s'écria Laurie en s'asseyant avec une soudaine énergie. Je devrais me satisfaire de contenter mon grand-père et j'essaie, mais il veut que je m'occupe d'affaires et j'ai cela en horreur. Si je n'avais pas peur de le laisser tout seul, je partirais demain comme mon père l'a fait.

— Eh bien, fais-le et ne reviens que lorsque tu auras montré que tu sais te débrouiller seul, fit Jo dont l'imagination s'enflammait à la pensée d'un exploit aussi audacieux.

— Non, Jo, tu as tort de parler ainsi, dit Meg de son ton le plus maternel. Laurie ne doit pas suivre ton mauvais conseil. Travaille de ton mieux au collège, Laurie, et quand ton grand-père aura vu que tu essaies de lui faire plaisir, je suis sûr qu'il ne se montrera ni dur ni injuste. Comme tu l'as dit, il n'a que toi au monde et tu ne te pardonnerais jamais de l'avoir quitté sans sa permission. Ne sois pas impatient, fais ton devoir et tu auras ta récompense comme ce bon M. Brooke, en étant respecté et aimé.

— Que sais-tu de M. Brooke ? demanda Laurie, heureux de détourner la conversation de lui.

— Seulement ce que ton grand-père nous a dit – il a pris grand soin de sa mère jusqu'à sa mort et, pour ne pas la quitter, a refusé de partir pour l'étranger comme précepteur. Nous savons aussi qu'il vient en aide à une vieille femme qui a soigné sa mère. Il ne se confie guère et il est aussi généreux, patient et bon qu'on peut l'être.

— C'est vrai, dit Laurie du fond du cœur. Je suis content que grand-père ait dit tout ce bien de lui. Brooke ne comprenait pas pourquoi votre mère se montrait si bonne envers lui, le priant de venir avec moi et le traitant avec tant d'amitié. Si jamais mon souhait se réalise, vous verrez ce que je ferai pour lui.

— Commence par faire quelque chose tout de suite en n'abusant pas de sa patience, dit Meg sèchement.

— Comment sais-tu cela, ma chère ?

— Je le vois à son visage. Si tu as travaillé convenablement, il a l'air satisfait et marche allégrement ; si tu l'as tourmenté, il paraît grave et marche lentement, comme s'il voulait revenir en arrière et mieux faire son travail.

— Eh bien en voilà une ! Vous êtes au courant de mon travail d'après le visage de Brooke ? Je le vois saluer et sourire quand il passe devant votre fenêtre, mais je ne savais pas que vous aviez un télégraphe.

— Nous n'en avons pas. Ne sois pas en colère et ne lui dis rien, s'écria Meg inquiète à la pensée des conséquences de ses paroles imprudentes.

— Je n'ai pas l'habitude de rapporter, répondit Laurie d'un air hautain. Mais si Brooke est votre baromètre, je veillerai à ce qu'il ne marque que le beau fixe.

— Laurie, je ne voulais pas t'offenser, ni te sermonner. Je craignais seulement que Jo en t'encourageant te fasse commettre des actes que tu regretterais ensuite. Tu es si gentil avec nous que nous te considérons comme un frère et te disons ce que nous pensons. Pardonne-moi. »

Et Meg lui tendit une main que Laurie, un peu honteux de s'être montré susceptible, serra avec affection.

« C'est moi qu'il faut pardonner ; je suis de mauvaise humeur aujourd'hui et je n'ai fait que des sottises. Je suis content que tu me dises mes défauts aussi, ne m'en veux pas si je suis parfois maussade. Je te remercie. »

Et pour montrer qu'il n'était nullement offensé, il rendit mille services : dévida du fil pour Meg, récita des poèmes pour Jo, secoua des pommes de pin pour que Beth puisse faire plus ample récolte, et aida Amy à dessiner ses fougères. Il se révéla ainsi digne d'appartenir à la « Société des Abeilles diligentes ». Au milieu d'une discussion animée sur les habitudes des tortues, le son faible d'une cloche les avertit que Hannah préparait le thé et qu'il fallait rentrer à la maison.

« Puis-je revenir une autre fois ? demanda Laurie.

— Oui, si tu travailles mieux avec M. Brooke, fit Meg en souriant.

— J'essaierai.

— Alors je t'apprendrai à tricoter comme les Écossais », ajouta Jo en agitant sa grosse chaussette de laine comme une bannière.

Et ils se séparèrent.

Ce soir-là, quand Beth vint au crépuscule jouer du piano pour M. Laurence, Laurie, à l'ombre d'un rideau, écoutait. Il regardait son grand-père, assis, sa tête grise dans ses mains, pensant à l'enfant qu'il avait tant aimé. Se rappelant la conversation de l'après-midi, le jeune garçon prit la résolution de se sacrifier de bon cœur.

« Je laisserai de côté mes projets et je resterai avec lui aussi longtemps qu'il aura besoin de moi, car il n'a plus que moi. »

11

DES SECRETS

*

Les jours d'octobre commençaient à être froids, les après-midi à raccourcir et Jo était très occupée dans son grenier. Le soleil éclairait la jeune fille assise sur le vieux sofa. Elle écrivait fébrilement. Enfin, elle traça au bas d'une page le mot fin et signa avec des fioritures.

« Voilà ! J'ai fait de mon mieux ! Si ça ne va pas, je recommencerai plus tard. »

Le bureau de Jo était une vieille armoire métallique de cuisine accrochée au mur. Elle y enfermait ses papiers pour les tenir hors de la portée de Raton et de sa famille. Elle prit un autre manuscrit dans cette armoire et les mettant tous deux dans sa poche, descendit doucement l'escalier.

Elle mit son chapeau et son manteau en faisant le moins de bruit possible et ouvrant une fenêtre au fond de l'entrée, elle monta sur le rebord et se laissa tomber dans l'herbe. Elle suivit un chemin de traverse qui la mena à la route. Une fois là, elle reprit une allure digne, héla un omnibus qui se dirigeait vers la ville. Elle avait un air joyeux et mystérieux.

Elle écrivait fébrilement.
Enfin, elle traça au bas d'une page le mot fin et signa avec des fioritures.

Si quelqu'un l'avait observée, il aurait trouvé ses mouvements assez singuliers. Descendue de l'omnibus, elle marcha d'abord à vive allure jusqu'à un numéro d'une rue très fréquentée ; elle entra, regarda l'escalier sale et, après s'être arrêtée quelques instants, replongea dans la rue et s'éloigna aussi rapidement qu'elle était venue. Elle répéta cette manœuvre plusieurs fois au vif amusement d'un jeune homme, debout à la fenêtre de la maison en face. Enfin, à la troisième fois, Jo se secoua, tira son chapeau sur ses yeux, monta l'escalier de l'air de quelqu'un qui va se faire arracher toute la mâchoire.

Il y avait bien une plaque de dentiste parmi celles qui ornaient l'entrée et après avoir regardé un moment une mâchoire artificielle qui, lentement, s'ouvrait et se refermait pour attirer l'attention sur deux belles rangées de dents, le jeune homme enfila son manteau, prit son chapeau et vint se poster dans l'entrée de la porte opposée en se disant avec un sourire et un frisson :

« C'est bien d'elle d'être venue seule, mais si elle a eu très mal, elle aura besoin qu'on l'aide à rentrer chez elle. »

Dix minutes plus tard, Jo descendit en courant l'escalier, le visage empourpré et l'air de quelqu'un qui vient de passer une pénible épreuve. À la vue du jeune homme, elle ne parut pas contente et passa devant lui en le saluant d'un petit signe de tête. Il la suivit :

« As-tu eu très mal ?

— Pas beaucoup.

— Cela s'est passé très vite.

— Oui, Dieu merci !

— Pourquoi y être allée seule ?

— Je ne voulais pas qu'on le sache.

— Tu es bien la créature la plus originale que je connaisse. Combien t'en a-t-on enlevé ? »

Jo regarda son ami comme si elle ne le comprenait pas, puis elle se mit à rire, apparemment vivement amusée.

« J'aurais voulu qu'on m'en prenne deux mais il faut que j'attende une semaine.

— Pourquoi ris-tu ? Tu mijotes quelque mauvais coup, fit Laurie mystifié.

— Et toi donc. Que faisais-tu dans cette salle de billard ?

— Je te demande pardon, mademoiselle, ce n'était pas une salle de billard mais une salle de gymnastique où j'apprends l'escrime.

— Heureuse de le savoir.

— Pourquoi ?

— Parce que je suis contente de savoir que tu n'étais pas dans la salle de billard, j'espère que tu n'y vas jamais.

— Si, quelquefois.

— Tu me déçois.

— Ce n'est pas mal, Jo. J'ai des billards à la maison mais ce n'est amusant que lorsque l'on est avec de bons joueurs ; aussi, comme j'aime beaucoup ce jeu, j'y viens parfois avec Ned Moffat ou d'autres garçons. On peut quand même se distraire de temps en temps sans être mal vu ?

— Cela dépend. Je n'aime pas Ned et sa bande et j'aimerais que tu ne les fréquentes pas. Si tu continues tu feras comme le fils de M. King. Il s'est mis à jouer et à faire toutes sortes d'horribles choses.

— As-tu l'intention de me sermonner tout le long du chemin ?

— Non, pourquoi ?

— Parce que si tu le fais, je prends un omnibus, sinon j'aimerais revenir à pied avec toi et te raconter quelque chose de très intéressant.

— C'est bon, je me tais. J'aimerais entendre ce que tu as à me dire.

— Fort bien. C'est un secret et si je te le dévoile tu me diras le tien.

— Je n'en ai pas, commença Jo, mais elle s'arrêta soudain en se rappelant qu'elle en avait un.

— Tu en as un – je le sais –, tu ne peux rien me cacher. Alors confesse-toi ou je ne parle pas.

— Tu n'en toucheras pas un mot à la maison ?

— Promis.

— Et tu ne me taquineras pas quand nous serons seuls ?

— Je ne taquine jamais.

— Menteur ! C'est bon ! J'ai remis deux histoires que j'ai écrites à un journaliste et il me donnera sa réponse la semaine prochaine, murmura Jo à l'oreille de son confident.

— Hourra pour Mlle March, le célèbre auteur américain ! s'écria Laurie en jetant son chapeau en l'air et en le rattrapant.

— Chut ! Cela n'aboutira à rien, je le crains, mais il fallait que j'essaie. Et si je n'ai rien dit, c'est que je ne veux pas que d'autres que moi soient déçus.

— Tu réussiras. Tes histoires sont des œuvres dignes de Shakespeare comparées à toutes les sottises qu'on publie chaque jour. »

Les yeux de Jo étincelèrent. Il est toujours agréable que l'on ait confiance en vous et les louanges d'un ami sont plus douces que celles d'une douzaine de journalistes.

« Quel est ton secret, Laurie ? Tu dois jouer franc-jeu ou je ne te croirai jamais plus, dit-elle.

— Je sais où est le gant de Meg.

— C'est tout ? fit Jo, déçue.

— C'est beaucoup quand je t'aurais dit où il est.

— Dis-le alors. »

Laurie se pencha et murmura à l'oreille de Jo trois mots qui produisirent un changement comique. Elle s'arrêta, le regarda un instant, à la fois surprise et mécontente, puis reprit son chemin en disant sèchement :

« Comment le sais-tu ?

— Je l'ai vu.

— Où ?

— Dans sa poche.

— Depuis tout ce temps ?

— Oui, n'est-ce pas romanesque ?

— Non, c'est horrible.

— Cela ne te plaît pas ?

— Pas du tout. C'est ridicule. Que dirait Meg si elle le savait ?

— Tu m'as promis de ne le dire à personne.

— Je n'ai rien promis.

— C'était sous-entendu et je t'ai fait confiance.

— C'est bon, je ne dirai rien pour le moment, mais je suis dégoûtée et je regrette que tu me l'aies dit.

— Je pensais te faire plaisir.

— À l'idée de voir quelqu'un nous enlever Meg ? Non, grand merci.

— Tu verras les choses autrement quand cela t'arrivera à toi.

— J'aimerais voir quelqu'un oser l'essayer ! s'écria Jo d'un air farouche.

— Moi aussi ! fit Laurie en riant à cette idée.

— Je n'aime pas les secrets. Je me sens toute drôle depuis que tu me l'as dit, fit Jo, assez ingrate.

— Descendons cette colline en courant et tu te sentiras beaucoup mieux », proposa Laurie.

Il n'y avait personne en vue ; Jo ne put résister à la tentation et bientôt elle filait, laissant voler derrière elle son chapeau, répandant les épingles qui retenaient ses cheveux. Laurie arriva le premier, très satisfait du succès de son traitement.

« Je voudrais être un cheval pour courir des kilomètres dans cet air merveilleux sans avoir le souffle coupé. C'était magnifique, mais regarde dans quel état je suis. Sois gentil, va ramasser mes affaires », dit Jo en se laissant choir sous un érable.

Pendant que Laurie s'exécutait, Jo essayait de remettre un peu d'ordre dans sa tenue, espérant bien que personne ne passerait avant qu'elle ne fût présentable. Hélas ! Quelqu'un passa et c'était Meg, l'air particulièrement distingué dans son costume le plus beau car elle venait de faire des visites.

« Que diable fabriques-tu ici ? demanda-t-elle à la vue de sa sœur échevelée.

— Je ramasse des feuilles, répondit Jo.

— Et des épingles à cheveux, ajouta Laurie en en jetant une demi-douzaine sur les genoux de Jo. Elles poussent sur la route ainsi que les peignes et les chapeaux.

— Tu as couru, Jo. Comment peux-tu ? Quand renonceras-tu à tes manières de garçon manqué ? dit Meg.

— Jamais, jusqu'à ce que je devienne vieille et raide et sois obligée de m'aider d'une béquille. N'essaie pas de me faire grandir avant l'heure, Meg ; c'est bien assez triste de te voir changer si vite. »

Tout en parlant, Jo baissa la tête sur les feuilles pour dissimuler le tremblement de ses lèvres. Depuis quelque temps elle sentait que Meg devenait rapidement une femme et le secret confié par Laurie lui faisait redouter une séparation qui ne pourrait manquer de survenir tôt ou tard.

Laurie vit le trouble sur son visage et, pour détourner l'attention de Meg, il lui demanda vivement :

« Où es-tu donc allée si belle ?

— Chez les Gardiner. Sallie m'a raconté le mariage de Belle Moffat. C'était splendide. Les jeunes mariés passeront tout l'hiver à Paris.

— Tu l'envies, Meg ? demanda Laurie.

— Et comment... !

— J'en suis bien contente, murmura Jo en attachant sa capeline d'un geste rageur.

— Pourquoi ? demanda Meg, surprise.

— Parce que si tu tiens à la fortune, tu n'épouseras jamais un homme pauvre, fit Jo.

— Je n'irai pas épouser n'importe qui », répondit Meg en s'éloignant avec dignité.

Les autres la suivirent, riant, chuchotant, poussant des pierres du pied, agissant comme « des enfants » se dit Meg, bien qu'elle fût tentée de se joindre à eux.

Pendant une semaine ou deux, Jo se comporta d'une façon si étrange que ses sœurs en étaient déconcertées. Elle se précipitait à la porte chaque fois que le facteur sonnait, était désagréable avec M. Brooke quand elle le rencontrait, regardait Meg et soudain bondissait et l'embrassait. Laurie et elle ne cessaient d'échanger des signaux mystérieux. Quinze jours après l'escapade de Jo en ville, Meg, assise un ouvrage à la main devant la fenêtre, fut scandalisée à la vue de Laurie pourchassant Jo dans le jardin pour finalement la rattraper dans la tonnelle d'Amy.

Ce qui arriva là, Meg ne put le voir, mais elle entendit des éclats de rire, suivis d'un murmure de voix et d'un grand froissement de journaux.

« Qu'est-ce que nous ferons de Jo ? Jamais elle ne se comportera en jeune fille bien élevée, soupira Meg, en la regardant d'un air réprobateur.

— J'espère bien qu'elle ne le fera jamais ; elle est si drôle, si adorable ainsi », dit Beth qui n'avait pas laissé voir combien elle était blessée que Jo eût des secrets pour elle.

Amy pinça les lèvres, visiblement choquée par les façons si peu féminines de sa sœur.

Quelques minutes plus tard, Jo se précipita dans la pièce, se laissa tomber sur le sofa et affecta de lire.

« Y a-t-il quelque chose d'intéressant dans ce journal ? demanda Meg d'un ton condescendant.

— Rien qu'une histoire ! Pas très fameuse, je suppose, répondit Jo en cachant soigneusement à ses sœurs le nom de l'auteur.

— Lis-la tout haut, cela nous distraira, dit Amy d'un air très digne.

— Quel est le titre ? demanda Beth, trouvant bizarre que Jo se cache derrière le papier.

— « Les peintres rivaux. »

— Cela me plaît ; lis-la-nous », fit Meg.

Jo fit « hum » et se mit à lire à toute allure. Ses sœurs écoutaient avec intérêt ; le récit était romanesque, un peu dramatique car la plupart des héros mouraient à la fin.

« J'aime ce qu'on dit du beau tableau, fut la remarque approbatrice d'Amy.

— Moi, je préfère les dialogues entre Viola et Angelo. Ce sont nos deux noms préférés quand nous jouons la comédie, n'est-ce pas curieux ? fit Meg en s'essuyant les yeux car les "amours" étaient tragiques.

— Qui en est l'auteur ? » demanda Beth qui avait aperçu la figure de Jo.

La lectrice se leva subitement et, jetant le journal, répondit d'un air comique de solennité et d'excitation :

« Votre sœur.

— Toi ? s'écria Meg en laissant tomber son ouvrage.

— Je l'avais deviné ! Je l'avais deviné ! Oh ! ma Jo, je suis si fière de toi. » Et Beth courut embrasser sa sœur, tout exaltée de ce splendide succès.

12

UN TÉLÉGRAMME

❊

« LE MOIS DE novembre est le plus désagréable de toute l'année, dit Meg, debout à la fenêtre par un morne après-midi, en regardant le jardin brûlé par le froid.

— C'est pourquoi je suis née ce mois-ci, répondit Jo, pensive.

— Si quelque chose d'agréable nous arrivait maintenant, nous penserions que c'est un mois délicieux, fit Beth qui voyait toujours le bon côté des choses.

— Jamais rien d'agréable n'arrive dans cette famille, dit Meg qui n'était pas de bonne humeur. Nous ne faisons que travailler avec très peu d'amusement. »

Meg soupira et se remit à regarder le jardin. Jo grogna et posa les coudes sur la table d'un air abattu, Amy sortit en claquant la porte. Beth, qui était assise à l'autre fenêtre, dit en souriant :

« Voilà deux choses qui vont arriver tout de suite. Maman rentre et Laurie galope à travers le jardin comme s'il avait une bonne nouvelle pour nous. »

Ils entrèrent tous deux, Mme March avec sa question habituelle.

« Y a-t-il une lettre de votre père, mes chéries ? »

Et Laurie dit de son ton le plus persuasif :

« Ne voulez-vous pas venir vous promener en voiture avec moi ? J'ai travaillé les mathématiques jusqu'à en avoir la tête en bouillie. Un peu d'air frais me fera du bien. Je vais ramener M. Brooke chez lui. Qui est-ce qui vient avec moi ? Toi, Jo, et toi aussi Beth bien entendu et vous Meg et Amy ?

— Oui, naturellement, dit Jo.

— Merci, mais je suis occupée, dit Meg en se plongeant dans sa corbeille à ouvrage car elle était convenue avec sa mère qu'il était mieux pour elle de ne pas sortir trop souvent avec le jeune précepteur.

— Nous serons prêtes dans une minute, s'écria Amy en courant se laver les mains.

— Puis-je faire quelque chose pour vous, madame maman, demanda Laurie en se penchant sur le fauteuil de Mme March avec le regard et le ton affectueux qu'il lui réservait toujours.

— Non, merci ; cependant vous seriez gentil de passer au bureau de poste. Le facteur n'est pas venu et c'est notre jour de recevoir une lettre. Mon mari est aussi régulier que le soleil. »

Un coup de sonnette l'interrompit et une minute après Hannah entrait, un papier à la main.

« C'est un de ces horribles télégrammes, madame », dit-elle.

Mme March saisit la dépêche, lut les deux lignes qu'elle contenait et retomba sur son fauteuil, blanche comme un linge.

Laurie se précipita chercher de l'eau. Meg et Hannah soutenaient Mme March et Jo lut à haute voix :

« Votre mari très malade. Venez d'urgence. S. Hale. Hôpital Blank – Washington ».

Mme March se ressaisit, relut le message, tendit ses bras à ses filles en disant :

« Je vais partir tout de suite, mais il est peut être déjà trop tard. Oh ! mes enfants, aidez-moi à supporter cette épreuve ! »

Pendant quelques minutes on n'entendit que le bruit des sanglots dans la pièce et des paroles de réconfort étouffées par les pleurs.

Hannah, avec une inconsciente sagesse, donna le bon exemple.

« Le bon Dieu garde le cher homme ! J'vais pas perdre de temps à pleurer, mais j'vais préparer vos affaires, M'dame », dit-elle chaleureuse en s'essuyant le visage avec son tablier.

Elle serra de sa rude main celle de sa maîtresse, partit faire le travail de trois femmes à la fois.

« Hannah a raison. Il ne s'agit pas de pleurer maintenant. Calmez-vous mes chéries et laissez-moi réfléchir. Où est Laurie ?

— Ici, madame. Oh ! Laissez-moi faire quelque chose pour vous ! s'écria Laurie en accourant de la pièce voisine où il s'était retiré par discrétion.

— Envoyez un télégramme disant que j'arrive tout de suite. Le prochain train part demain matin de bonne heure. Je le prendrai.

— Je cours à la poste tout de suite. Que puis-je faire d'autre ?

— Porter un mot à ma tante March. Jo, donne-moi cette plume et du papier. »

Jo comprenait qu'il fallait bien emprunter de l'argent pour ce long et triste voyage.

« Maintenant, Laurie, courez à la poste mais ne faites pas d'imprudence. »

Cinq minutes plus tard, Laurie passait devant la fenêtre, filant comme une flèche sur son propre cheval.

« Beth, va demander à M. Laurence deux bouteilles de vin vieux. Je n'ai pas honte de mendier pour votre père. Amy, dis à Hannah de descendre la malle noire et Meg aide-moi à préparer mes affaires, car je ne sais plus où j'en suis. »

M. Laurence arriva peu après avec Beth. Il promit de veiller sur les jeunes filles en l'absence de Mme March, ce qui la réconforta beaucoup. Il s'offrit aussi à l'accompagner, mais elle refusa, craignant les fatigues du voyage pour lui. Pourtant elle aurait aimé ne pas l'entreprendre seule. Il fronça les sourcils, se frotta les mains et s'en alla en disant qu'il allait revenir tout de suite.

Meg traversait en courant le vestibule avec une paire de bottines dans une main, une tasse de thé dans l'autre quand elle rencontra M. Brooke.

« Je suis très triste de ce que je viens d'apprendre, Meg. Je suis venu proposer d'accompagner votre mère. M. Laurence a besoin que j'aille à Washington pour ses affaires et je serai heureux d'aider Mme March. »

Les bottines tombèrent à terre et le thé était bien près de les suivre. Meg tendit sa main, le visage plein d'une immense gratitude, hors de proportion avec le petit sacrifice de temps et de sollicitude qu'il allait faire.

« Comme vous êtes tous bons ! Maman acceptera, j'en suis sûre, et nous serons soulagées de savoir que quelqu'un prend soin d'elle. Merci, merci beaucoup ! »

Tout était arrangé quand Laurie revint avec un mot de tante March et la somme désirée, accompagnée de quelques lignes disant combien de fois elle avait répété que c'était absurde que son neveu soit parti pour l'armée et prédit que rien de bon n'en sortirait. Elle espérait qu'une autre fois, il suivrait ses conseils. Mme March jeta la lettre dans le feu, mit l'argent dans son porte-monnaie et poursuivit ses préparatifs les lèvres serrées, signe qu'il lui en avait coûté de s'adresser à la tante March.

En fin d'après-midi tout était prêt, Meg et sa mère s'occupaient à quelques travaux de couture indispensables, Beth et Amy préparaient le thé et Hannah achevait le repassage. Jo était sortie sans rien dire à personne. Laurie partit à sa recherche mais ne la trouva pas. Quand elle revint, elle arborait une curieuse expression, mélange de crainte, de satisfaction et de regret qui surprit sa famille autant que l'argent qu'elle posa devant sa mère en disant avec un léger tremblement dans la voix :

« Voici ma contribution pour soigner papa et le ramener à la maison.

— Où as-tu eu cela, ma chérie ? Vingt-cinq dollars ! Jo, j'espère que tu n'as commis aucune sottise.

— Non. Cet argent m'appartient ; je ne l'ai ni mendié, ni emprunté, ni volé. Je l'ai gagné et je ne pense pas que tu puisses me le reprocher car j'ai vendu ce qui était à moi. »

Et tout en parlant, Jo retirait son capuchon. Un cri général s'éleva : l'abondante chevelure de la jeune fille était coupée court.

« Tes cheveux ! Tes beaux cheveux ! Oh ! Jo ! C'était toute ta beauté ! Ma chérie, il n'y avait pas besoin de faire cela. Tu ne ressembles plus à notre Jo mais je ne t'en aimerai que davantage », dit Mme March.

Beth serra dans ses bras la tête ébouriffée. Jo prit un air indifférent qui ne trompa personne et dit en passant sa main dans ses cheveux coupés court :

Beth serra dans ses bras la tête ébouriffée. Jo prit un air indifférent qui ne trompa personne et dit en passant sa main dans ses cheveux coupés court…

« Ne gémis pas, Beth. C'est très bon pour ma vanité. Je devenais trop fière de ma toison. Et puis je me sens la tête délicieusement légère et fraîche. Le coiffeur a dit que j'aurai bientôt des boucles, cela sera facile à coiffer. J'en suis ravie ; aussi je t'en prie, maman, prends l'argent et dînons.

— Je ne peux pas te gronder, Jo, dit Mme March, car tu as volontairement sacrifié ta vanité, comme tu le dis, à ton affection pour ton père. Mais je crains que tu ne le regrettes un jour.

— Moi, je suis sûre que non ! répondit d'une voix ferme Jo, soulagée que son incartade ne fût pas complètement condamnée.

— Est-ce que cela ne t'a pas fait un effet terrible quand le coiffeur a porté le premier coup de ciseau ? demanda Meg avec un frisson.

— J'ai jeté un dernier regard à mes cheveux pendant qu'il préparait ses instruments et c'est tout. Je reconnais cependant que ça m'a fait drôle quand j'ai vu tous mes cheveux posés sur la table et que j'ai senti les petites mèches plantées sur ma tête. C'était un peu comme si on m'avait coupé un bras ou une jambe. Le coiffeur m'a remis une longue mèche à garder en souvenir. Je te la donne, maman, car je me sens si légère que je ne les laisserai jamais repousser aussi longs qu'auparavant. »

Mme March plia la mèche châtain, la déposa à côté d'une grise dans le tiroir de son bureau.

« Merci, ma chérie », dit-elle seulement.

Mais quelque chose sur son visage fit penser à ses enfants qu'il fallait changer de sujet. Elles parlèrent de la bonté de M. Brooke, de l'espoir qu'il ferait beau le lendemain et des heures heureuses où l'on ramènerait leur père à la maison pour le soigner.

Personne ne voulait aller se coucher ; mais à dix heures, Mme March, ayant terminé son travail, dit :

« Allez vous coucher et ne bavardez pas, car il nous faut nous lever de bonne heure demain et vous aurez besoin de tout le sommeil possible. Bonne nuit, mes chéries ! »

13

ÉCHANGE DE LETTRES

DANS LA GRISAILLE matinale, les sœurs allumèrent leur lampe, s'habillèrent et convinrent de ne pas verser de larmes au moment du départ pour ne pas attrister encore plus leur mère. La grande malle de Mme March l'attendait dans le vestibule, son manteau et son capuchon sur le sofa. Mme March essayait de manger mais elle était si pâle, si visiblement épuisée par l'insomnie et l'angoisse que les jeunes filles eurent grand-peine à tenir leur résolution. Les yeux de Meg se remplissaient de larmes malgré elle ; Jo fut obligée de se cacher la figure dans sa serviette plus d'une fois et les petites avaient une expression grave et troublée, comme si le chagrin était une nouvelle expérience pour elles.

Personne ne parla beaucoup mais quand elles entendirent la voiture approcher, Mme March dit :

« Mes chéries, je vous laisse aux soins de Hannah et sous la protection de M. Laurence. Hannah est la fidélité même et notre bon voisin vous gardera comme si vous étiez ses propres enfants. Je n'ai aucune crainte pour vous mais je désire vous voir prendre cette épreuve avec courage. Ne vous lamentez pas quand je serai partie, ne pensez pas non plus que vous pourrez vous consoler en restant oisives et en essayant d'oublier. Faites votre travail comme d'habitude, c'est un grand réconfort. Espérez et restez actives.

— Oui, maman. »

Mme March leur donna encore quelques conseils qu'elles écoutèrent avec respect.

La voiture s'arrêta à la porte. Elles sursautèrent. Dur instant ! Mais les jeunes filles se comportèrent dignement, aucune ne pleura ni ne gémit malgré leur tristesse. Elles embrassèrent leur mère avec tendresse et essayèrent d'agiter gaiement la main quand elle s'éloigna. Laurie et son grand-père étaient venus assister au départ et M. Brooke paraissait si fort, si résolu que les jeunes filles en furent rassérénées.

En se retournant pour regarder ses enfants, Mme March vit briller un timide rayon de soleil sur le groupe rassemblé à la porte, comme un heureux présage. La dernière chose qu'elle aperçut fut quatre visages lumineux et derrière eux, tels des gardes du corps, le vieux M. Laurence, la fidèle Hannah et le dévoué Laurie.

« Je me sens comme s'il y avait eu un tremblement de terre, dit Jo quand leurs voisins furent repartis, les laissant se reposer.

— On dirait que la moitié de la maison s'en est allée », ajouta Meg tristement.

Avec sa grande sagesse, Hannah les laissa vider leur peine et quand l'averse lui sembla prête à se dissiper, elle vint à l'aide, armée d'une cafetière.

« Maintenant, mes chères petites demoiselles, vous allez vous rappeler ce que votre m'man a dit et ne pas vous tourmenter. Venez prendre une petite tasse de café et mettons-nous au travail pour faire honneur à la famille. »

Prendre le café était exceptionnel et aucune des jeunes filles ne put résister à l'odeur délicieuse qui sortait du bec de la cafetière. Elles se mirent à table, échangèrent leurs mouchoirs contre des serviettes et dix minutes plus tard tout allait bien de nouveau.

« Espérons et travaillons, voilà notre devise. Voyons qui la respectera le mieux, dit Jo en buvant son café. Je vais aller chez tante March, comme d'habitude, et je vais avoir droit à un sermon.

— Moi, je vais aller chez mes King, bien que j'aimerais beaucoup mieux rester ici à travailler, fit Meg.

— Inutile. Beth et moi nous tiendrons parfaitement la maison, intervint Amy en prenant un air important.

— Hannah nous dira ce que nous devons faire et tout sera en ordre quand vous reviendrez », ajouta Beth.

Jo et Meg partirent. Emportées par l'habitude, elles se retournèrent pour regarder le visage de leur mère à la fenêtre. Il n'y était pas, mais Beth avait pensé à la petite cérémonie matinale et leur fit signe.

« C'est bien là ma Beth, dit Jo, en agitant son chapeau, toute reconnaissante. Au revoir, Meggy. J'espère que les King ne mettront pas ta patience à l'épreuve aujourd'hui. Ne te tourmente pas pour papa.

— J'espère que tante March ne va pas grogner toute la journée. Ta coiffure ne te va pas mal du tout. Tu as l'air d'un garçon, répondit Meg, essayant de ne pas sourire à la vue de la tête bouclée qui paraissait si comiquement petite sur les larges épaules de sa sœur.

— C'est ma seule consolation ! »

Et touchant son chapeau à la manière de Laurie, Jo s'éloigna.

Elle se sentait un peu comme un mouton qu'on aurait tondu un jour d'hiver.

Des nouvelles reçues de leur père réconfortèrent beaucoup les quatre sœurs ; quoique dangereusement malade, la présence de sa femme lui avait déjà fait du bien. M. Brooke envoyait tous les jours un bulletin que Meg, en sa qualité de chef de famille, insistait pour lire à haute voix. De jour en jour, les dépêches devenaient plus rassurantes. Chacune des sœurs voulait écrire et tous les jours l'une ou l'autre mettait à la poste une grosse missive. Voici quelques-unes de ces lettres :

> « Maman chérie,
>
> « Il est impossible de te dire combien ta dernière lettre nous a rendues heureuses. Les nouvelles étaient si bonnes que nous n'avons pu nous empêcher de rire et de pleurer à la fois. Comme M. Brooke est gentil, et quelle chance que les affaires de M. Laurence le retiennent près de toi, puisqu'il vous est si utile à papa et à toi. Mes sœurs sont des anges. Jo m'aide à coudre et insiste pour faire toutes sortes de travaux durs. Beth est aussi régulière qu'une horloge pour ses devoirs et n'oublie jamais ce que tu lui as dit. Elle s'attriste pour papa et a l'air très grave sauf quand elle est à son piano. Amy fait très attention à ce que je lui dis. Elle se coiffe elle-même et je lui apprends à raccommoder ses affaires. Tu seras très contente de ses progrès. M. Laurence veille sur nous comme une poule sur ses poussins (c'est Jo qui dit

ça) ; quant à Laurie, il est très bon. Jo et lui nous égaient, car parfois nous sommes tristes et nous nous sentons seules avec toi si loin de nous. Hannah est parfaite ; elle ne grommelle pas du tout ; elle m'appelle Mademoiselle Margaret, ce qui est parfait, et me traite avec respect. Nous allons toutes très bien et nous travaillons beaucoup mais nuit et jour nous aspirons à vous revoir. Dis toute ma tendre affection à papa. Je t'embrasse du fond du cœur,

ta Meg. »

Cette lettre, joliment écrite sur du papier parfumé, contrastait avec la suivante, gribouillée sur une grande feuille de papier mince, agrémentée de taches et de fioritures.

« Ma précieuse maman,

« Trois hourras pour papa ! Brooke a été un amour de nous télégraphier dès qu'il a été mieux. J'ai couru au grenier lorsque la nouvelle est arrivée et j'ai essayé de mon mieux de remercier Dieu d'avoir été si bon pour nous, mais je n'ai pu que pleurer et dire « Je suis contente ! Je suis si contente ! » Est-ce que cela ne valait pas autant qu'une vraie prière ? Dans mon cœur j'en sentais beaucoup d'autres. Nous sommes si désespérément sages qu'on a l'impression de vivre dans un nid de tourterelles.

« Tu rirais de voir Meg présidant le repas en essayant de se montrer maternelle. Elle devient de jour en jour plus jolie. Les petites sont de véritables archanges et moi… bien moi, je suis Jo et ne serai jamais rien d'autre. Oh ! Il faut que je te raconte que j'ai failli avoir une querelle avec Laurie. J'ai lâché une petite sottise, il s'est offensé et il est parti. J'avais raison mais je n'aurais pas dû parler comme je l'ai fait. Nous sommes restés brouillés toute une journée, parce que nous sommes tous les deux orgueilleux. Il voulait que je lui fasse des excuses et moi je ne le voulais pas. J'espérais qu'il laisserait tomber parce que j'avais raison. Mais il n'est pas revenu. Le soir, je me suis rappelé ce que tu m'avais dit quand Amy est tombée dans la rivière. J'ai lu mon petit livre, me suis sentie mieux et j'ai résolu de ne pas laisser le soleil se coucher sur ma colère, j'ai couru dire à Laurie que je regrettais. Je l'ai croisé à la porte. Il venait pour la même chose. Nous avons ri tous les deux et nous sommes redevenus les meilleurs amis du monde.

« J'ai composé un poème, donne-le à papa puisqu'il aime les sottises que j'écris, embrasse-le très fort de ma part, je t'embrasse une douzaine de fois,

ta Jo la brouillonne. »

« Chère maman,

« J'ai seulement la place de t'envoyer toute ma tendresse et des pensées séchées qui viennent du pied que je gardais dans la maison pour que papa le voie. Je lis chaque matin, essaie d'être sage toute la journée et m'endors en chantant l'air préféré de papa. Tout le monde est très bon et nous sommes aussi heureuses que nous pouvons l'être sans vous deux. Amy réclame le reste de la page, aussi je m'arrête. Je remonte l'horloge tous les jours et aère les pièces.

« Embrasse mon cher papa sur la joue qu'il appelle la mienne. Oh ! reviens bientôt vers

ta petite Beth qui t'aime tant. »

« Ma chère maman,

« Nous allons toutes bien, je travaille tous les jours et ne *contrebats* jamais les autres – Meg dit qu'il faut écrire que je ne les *contredis* jamais, je mets les deux mots ; tu pourras choisir le meilleur. Meg m'est d'un grand réconfort, elle me laisse prendre de la confiture tous les jours à dîner, c'est bon pour moi, dit Jo, parce que cela me rend plus douce. Laurie n'est pas aussi respectueux qu'il devrait l'être maintenant que j'ai douze ans ; il m'appelle poussin et il s'amuse à me parler très vite en français dès que je dis *merci* ou *bonjour* comme Hattie King. Les manches de ma robe bleue étaient tout usées et Meg en fait de nouvelles, mais elles sont plus foncées que la robe. J'étais fâchée mais je n'ai rien dit parce que je supporte bien mes ennuis mais je voudrais que Hannah amidonne beaucoup plus mes tabliers et nous fasse tous les jours des gâteaux. Est-ce qu'elle peut ? Meg dit que ma *poncktuation* et mon *ortografe* sont horribles et je suis très *morretifiée* mais j'ai tant de choses à faire je ne peux pas me relire. Adieu. J'envoie un panier de tendresses à papa.

Ta fille qui t'aime tendrement,

Amy Curtis March ».

À l'attention de l'infirmière en chef de la salle n° 2

« Tout va bien sur le front March, les troupes sont en bonne condition, l'intendance bien ravitaillée, la garde commandée par le colonel Laurie est toujours de service. Le commandant en chef, général Laurence, passe l'inspection de l'armée chaque jour. Le maréchal des logis Hannah maintient un ordre parfait. Une salve de vingt-quatre coups de canon a été tirée au reçu des bonnes nouvelles de Washington et un défilé organisé au quartier général. Le commandant en chef vous envoie ses meilleurs vœux auxquels se joignent ceux du

« Colonel Laurie. »

« Chère madame,

« Les petites vont toutes bien. Hannah est une servante modèle et veille comme un dragon sur la jolie Meg. Je suis content que le beau temps continue. Utilisez Brooke, je vous en prie, et n'hésitez pas à recourir à moi si les dépenses dépassent vos prévisions. Ne laissez votre mari manquer de rien. Je remercie Dieu qu'il aille mieux.

Votre sincère ami et serviteur,

James Laurence. »

14

BETH TOMBE MALADE

PENDANT HUIT JOURS, tant de vertu régna dans la vieille maison qu'elle aurait suffi à tout le voisinage. Mais soulagées de leur angoisse au sujet de leur père, les sœurs se relâchèrent insensiblement et retombèrent dans leurs vieilles habitudes. Elles n'oublièrent pas leur devise mais le dernier point leur semblait devenir plus difficile. Elles pensèrent qu'après tant d'efforts elles méritaient des vacances et s'en attribuèrent.

Jo ayant négligé de couvrir sa tête tondue attrapa un gros rhume et reçut l'ordre de rester chez elle jusqu'à ce qu'elle soit rétablie. Tante March n'aimait pas entendre les gens lire avec des voix enrouées. Cela ne déplaisait pas à Jo et après avoir fouiné de la cave au grenier, elle s'étendit sur le sofa pour soigner son rhume en lisant. Amy trouva que le ménage et l'art n'allaient pas bien ensemble et retourna à ses dessins. Meg allait tous les jours chez les King et cousait à la maison, ou du moins le désirait, car elle consacrait la majeure partie de son temps libre à écrire de longues lettres à sa mère ou à lire et relire celles de Washington. Beth seule poursuivait sa tâche avec de légers moments d'oisiveté ou de tristesse.

Elle accomplissait fidèlement tous ses petits travaux et beaucoup aussi de ceux de ses sœurs, parfois oublieuses. Quand elle avait le cœur trop gros d'être privée de sa mère et de son père, elle allait se cacher dans les replis d'une vieille robe de sa mère pour pleurer un peu et prier. Personne ne savait ce qui la réconfortait après un moment de tristesse mais toutes sentaient combien elle les aidait et elles allaient souvent quêter ses conseils ou son réconfort dans leurs petits ennuis.

Meg, Jo et Amy n'avaient pas conscience que cette expérience mettait à l'épreuve leurs caractères. La première excitation passée, elles croyaient avoir mérité des louanges. Certes, mais leur erreur fut de cesser de se comporter comme aux premiers jours. Cela leur attira une dure leçon et elles en éprouvèrent de grands regrets.

« Meg, je voudrais que tu ailles voir les Hummel, tu sais que maman nous a recommandé de ne pas les oublier, dit Beth une bonne semaine après le départ de Mme March.

— Je suis trop fatiguée pour y aller cet après-midi, répondit Meg.

— Et toi, Jo ? demanda Beth.

— Il fait trop mauvais temps pour mon rhume.

— Pourquoi n'irais-tu pas toi-même ? dit Meg.

— J'y suis allée tous les jours mais le bébé est malade et je ne sais pas quoi faire. Lottchen le garde quand Mme Hummel va travailler, mais il a l'air d'être de plus en plus malade et je pense que toi ou Hannah vous devriez y aller. »

Meg promit de s'y rendre le lendemain.

« Demande à Hannah quelques provisions et porte-les toi-même, Beth, l'air te fera le plus grand bien, dit Jo.

J'irais bien mais il faut que je finisse ce que je suis en train d'écrire.

— J'ai mal à la tête et je ne me sens pas bien, répondit Beth. J'espérais que quelqu'un d'autre pourrait me remplacer.

— Amy va revenir, elle y courra », proposa Meg.

Beth s'allongea sur le sofa, les autres retournèrent à leurs occupations et on oublia les Hummel. Une heure passa ; Amy ne revenait pas. Meg monta dans sa chambre essayer une nouvelle robe ; Jo s'était absorbée dans sa rédaction et Hannah dormait profondément devant le feu de la cuisine. Beth enfila tranquillement son manteau, remplit son panier de provisions pour les pauvres enfants et sortit dans l'air froid avec la tête lourde. Il était tard quand elle revint. Personne ne la vit monter et s'enfermer dans la chambre de sa mère. Une demi-heure plus tard, Jo venue y chercher quelque chose trouva Beth assise, grave, les yeux rouges, une bouteille de camphre à la main.

« Seigneur ! Qu'est-ce qu'il y a ? s'écria Jo, en voyant sa sœur étendre les mains pour l'éloigner.

— Tu as eu la scarlatine, n'est-ce pas ?

— Oui, il y a des années en même temps que Meg. Pourquoi ?

— C'est affreux, Jo, le bébé est mort !

— Quel bébé ?

— Celui de Mme Hummel. Il est mort sur mes genoux avant son retour, s'écria Beth dans un sanglot.

— Ma pauvre chérie, cela a dû être terrible pour toi ! J'aurais dû y aller, dit Jo en prenant sa sœur dans ses bras, le visage marqué par le remords.

— Ce n'était pas terrible, Jo, seulement si triste. J'ai vu tout de suite qu'il était gravement malade, mais Lottchen m'a dit que sa mère était allée chercher le médecin, alors j'ai pris le bébé pour laisser Lotty se reposer. Il paraissait dormir, et soudain il a poussé un petit cri, s'est mis à trembler puis il s'est immobilisé. J'ai essayé de lui réchauffer les pieds, Lotty a voulu lui faire boire du lait, mais il n'a pas bougé. J'ai compris qu'il était mort.

— Ne pleure pas, chérie. Qu'as-tu fait ?

— Je l'ai gardé sur mes genoux jusqu'à l'arrivée de Mme Hummel et du docteur. Celui-ci a dit qu'il était mort, puis il a examiné Heinrich et Minna et a diagnostiqué la scarlatine. Il m'a enjoint de rentrer tout de suite à la maison si je ne voulais pas l'attraper.

— Si seulement maman était ici ! s'exclama Jo. Tu as tenu le bébé chaque jour pendant plus d'une semaine. J'ai peur que tu n'aies la scarlatine, Beth. Je vais appeler Hannah, elle connaît toutes les maladies.

— Ne laisse pas Amy venir ; elle ne l'a pas eue et je ne veux pas la lui passer. Meg et toi vous ne pouvez pas l'avoir de nouveau ? demanda Beth avec angoisse.

— Je ne sais pas. Mais ce serait bien fait pour moi, affreuse égoïste que je suis à rester ici écrire des sottises. »

Hannah fut réveillée en une minute. Elle prit aussitôt la situation en mains et rassura Jo ; bien soignée la scarlatine n'était pas mortelle.

« Nous allons appeler le docteur Bangs, ma chérie, dit-elle. Puis nous enverrons Amy chez votre tante March et une de vous deux restera à la maison pour distraire Beth quelques jours.

— Je resterai, c'est moi l'aînée, commença Meg, à la fois anxieuse et bourrelée de remords.

— Non, c'est moi parce que c'est ma faute si elle est malade, répliqua Jo. J'avais promis à maman de faire les visites à sa place, et je ne l'ai pas fait.

— Beth, dis-nous qui doit rester ? Une seule suffit, précisa Hannah.

— Jo, s'il vous plaît, dit Beth en reposant sa tête contre sa sœur avec un regard content qui régla la question.

— Je vais aller prévenir Amy », dit Meg, un peu blessée mais soulagée dans l'ensemble car elle n'aimait pas, comme Jo, soigner les malades.

Amy se rebella immédiatement et déclara violemment qu'elle préférait avoir la scarlatine plutôt que d'aller chez la tante March. Meg raisonna, plaida, ordonna, en vain. Meg quitta sa sœur en désespoir de cause pour demander à Hannah ce qu'il fallait faire. Avant qu'elle ne fût de retour, Laurie, entrant dans le salon, avait trouvé Amy sanglotant, la tête enfouie dans les coussins du sofa. Elle raconta son histoire, s'attendant à être consolée, mais Laurie enfonça ses mains dans ses poches, arpenta la pièce en sifflotant et en fronçant les sourcils comme s'il était perdu dans de profondes réflexions. Enfin il s'assit à côté de la petite fille et de son ton le plus enjôleur lui dit :

« Sois raisonnable et fais ce qu'on te dit. Ne pleure plus et écoute-moi. Tu iras chez ta tante March et tous les jours je viendrai te chercher, nous nous promènerons en voiture ou à pied et nous nous amuserons beaucoup. Ce sera mieux que de t'ennuyer ici à ne rien faire, tu ne crois pas ?

— On dirait qu'on me renvoie comme si j'embarrassais tout le monde.

— Grands dieux, c'est pour t'empêcher de tomber malade, rien d'autre. Tu n'as pas envie d'avoir la scarlatine ?

— Non, sûrement pas, mais je n'y échapperai pas parce que j'ai été tout le temps avec Beth.

— C'est pourquoi il faut que tu t'en ailles vite. Un changement d'air, des soins t'en protégeront ou du moins tu ne l'auras que très légère. Je te conseille de filer dès que tu le pourras. La scarlatine n'est pas une plaisanterie, mademoiselle.

— Mais on s'ennuie tant chez tante March et elle rouspète toujours, fit Amy l'air effrayé.

— Tu ne t'ennuieras pas puisque je viendrai tous les jours te donner des nouvelles de Beth et te distraire. La vieille dame m'aime bien et je me ferai aussi aimable que possible avec elle, comme cela elle ne protestera pas, quoi que nous fassions.

— Tu viendras tous les jours ?

— Promis.

— Et tu me ramèneras ici dès que Beth sera guérie.

— À la minute même.

— Eh bien – je crois – que je vais y aller, dit Amy lentement.

— Tu es une bonne fille ! » fit Laurie en lui donnant une petite tape d'approbation qui la vexa.

Meg et Jo arrivèrent en courant.

« Comment va Beth ? demanda Laurie, plus inquiet à son sujet qu'il ne voulait le montrer.

— Elle est couchée dans le lit de maman et se sent mieux. La mort du bébé l'a bouleversée mais j'espère qu'elle n'a qu'un rhume. Hannah parle aussi de rhume mais elle a l'air soucieuse et cela me tourmente, répondit Meg.

— Comme la vie est dure ! fit Jo en ébouriffant ses cheveux. À peine sorti d'un malheur il en arrive un autre.

— Inutile de te transformer en hérisson. Arrange tes cheveux, Jo, et dis-moi si je dois télégraphier à ta mère ?

— C'est ce qui me préoccupe, dit Meg, je pense que nous devrions la prévenir si Beth est vraiment malade, mais Hannah n'est pas de cet avis parce que maman ne peut pas quitter papa et cela ne ferait que les inquiéter. Maman nous a priées d'obéir à Hannah.

— Hum ! Je ne sais pas quoi dire ; et si vous demandiez à grand-père après la visite du docteur ?

— C'est ce que nous ferons. Jo, va chercher le docteur Bangs tout de suite, ordonna Meg.

— Reste où tu es, Jo, c'est moi qui suis le commissionnaire dans cette maison, dit Laurie.

— Mais tu es occupé, commença Meg.

— Non, j'ai fini mes leçons aujourd'hui.

— Tu travailles pendant tes vacances ? demanda Jo.

— Mes voisines me montrent le bon exemple, fit Laurie en sortant.

— Ce garçon me donne de grands espoirs, observa Jo en le regardant sauter par-dessus la haie.

— Il n'est pas mal – pour un garçon », répondit de mauvaise grâce Meg, que le sujet n'intéressait pas.

Le docteur Bangs vint. Il déclara que Beth présentait les symptômes de la scarlatine mais croyait qu'elle l'aurait légère. Il donna l'ordre d'éloigner Amy et lui fournit quelques médicaments préventifs. Elle partit en grande pompe escortée par Jo et par Laurie.

Tante March les reçut avec son habituelle amabilité.

« Je ne m'attendais à rien d'autre puisqu'on vous permet d'aller voir des pauvres gens. Amy peut rester et se rendre utile si elle n'est pas malade, ce qu'elle sera sûrement – regardez-la. Inutile de pleurer, gamine, je n'aime pas entendre les gens renifler. »

Amy était sur le point de pleurer, mais Laurie sournoisement tira la queue du perroquet. Furieux, Polly cria :

« Hors d'ici ! » d'un air si drôle qu'Amy éclata de rire.

Tante March les reçut avec son habituelle amabilité.

« Avez-vous des nouvelles de votre mère ? demanda la vieille dame d'un ton bougon.

— Papa va beaucoup mieux, répondit Jo, essayant de garder son sérieux.

— Vraiment ? Ça ne durera pas longtemps. Il n'a aucune santé, fut la réconfortante réponse.

— Prends une prise de tabac et au revoir, au revoir ! cria Polly en dansant sur son perchoir.

— Tais-toi, vilain oiseau ! » cria Polly.

— Tais-toi, vilain oiseau. Et Jo, tu ferais mieux de partir tout de suite. Il est malséant de se promener aussi tard avec un écervelé comme…

Et tombant de son perchoir, il courut piquer les mollets du jeune « écervelé » qui ne parvenait pas à maîtriser un fou rire à la dernière réplique.

« Je ne pense pas que je pourrai le supporter, mais j'essaierai, pensa Amy, restée seule avec tante March.

— Va-t'en d'ici, affreuse ! » cria Polly.

À ce méchant discours, Amy ne put retenir une larme.

15

JOURS SOMBRES

*

BETH EUT BEL et bien la scarlatine et fut plus malade qu'on ne s'y attendait, sauf, bien entendu, Hannah et le médecin. Hannah la soignait avec un dévouement remarquable, aidée des conseils du docteur qui se fiait beaucoup à elle. Meg restait à la maison pour ne pas apporter la contagion aux King et s'occupait du ménage. Elle se sentait un peu coupable et inquiète quand elle écrivait à sa mère sans parler de la maladie de Beth, mais Hannah ne voulait pas qu'on inquiétât Mme March. Jo se dévouait jour et nuit à Beth, tâche facile car la petite fille était très patiente et supportait son mal sans se plaindre. Mais vint un jour où elle eut plus de fièvre, elle se mit à parler d'une voix rauque, brisée, à pianoter sur son couvre-lit comme sur son bien-aimé piano, à essayer de chanter, mais aucun son ne sortait de sa gorge enflée.

Elle ne reconnaissait plus personne, appelait désespérément sa mère. Alors Jo prit peur. Meg implora Hannah de lui permettre d'écrire la vérité, Hannah dit qu'elle allait y réfléchir quoiqu'il n'y eût pas de danger *encore*. Une lettre de Washington ajouta à leur angoisse. M. March avait eu une rechute et il n'était pas question de rentrer d'ici longtemps.

Comme les jours paraissaient tristes et sombres à la maison ! L'ombre de la mort planait sur cette demeure autrefois si heureuse.

Bientôt Beth perdit tout à fait conscience, elle se retournait dans son lit, prononçant des paroles incohérentes, ou sombrait dans un profond sommeil qui ne lui apportait aucun repos. Le docteur Bangs venait deux fois par jour, Hannah restait debout toute la nuit, Meg tenait un télégramme prêt à être envoyé d'un instant à l'autre et Jo ne quittait pas le chevet de Beth.

Un matin d'hiver le docteur Bangs examina longuement Beth, tint sa main brûlante dans la sienne, la reposa doucement et dit à voix basse à Hannah :

« Si Mme March peut quitter son mari, il vaudrait mieux la faire venir. »

Hannah inclina la tête sans parler, car ses lèvres tremblaient, Meg se laissa choir sur une chaise, vidée de toutes ses forces, et Jo toute pâle alla au salon, prit le télégramme et courut le porter. Elle fut bientôt de retour. Tandis qu'elle retirait sans bruit son manteau, Laurie apporta une lettre disant que M. March allait mieux. Jo la lut avec gratitude mais son visage exprimait une telle tristesse que Laurie demanda vivement :

« Qu'y a-t-il ? Beth va-t-elle plus mal ?

— Je viens d'appeler maman par télégramme, dit Jo en essayant d'enlever ses bottes.

— Tu as bien fait ! En as-tu pris la responsabilité ? demanda Laurie en la faisant asseoir sur une chaise et en lui retirant ses bottes car il avait vu combien ses mains tremblaient.

— Non, le docteur nous l'a conseillé.

— Oh ! Jo, ce n'est pas si grave que cela ? s'écria Laurie.

— Si, elle ne nous reconnaît plus, ne parle même plus des volées de colombes comme elle appelle les feuilles de vigne vierge qui couvrent le mur. On ne dirait plus que c'est ma Beth. »

Les larmes ruisselaient le long des joues de Jo et elle tendait la main en un geste d'impuissance. Laurie la lui prit, lui murmura la gorge serrée par l'émotion :

« Je suis ici. Appuie-toi sur moi, Jo, ma chérie. »

Elle ne put parler, mais elle s'appuya sur lui et la chaude pression d'une main amie la réconforta. Laurie aurait bien voulu trouver des paroles tendres, consolantes, mais il restait silencieux, caressant doucement la tête penchée. C'était ce qu'il pouvait faire de mieux. Aucune phrase éloquente n'aurait pu faire davantage sentir à Jo son affection. Bientôt elle sécha les larmes qui l'avaient soulagée et leva vers Laurie un visage reconnaissant.

« Merci, Laurie, je ne me sens plus aussi désespérée, je veux être plus forte.

— Ta mère sera bientôt ici et tout ira mieux.

— Je suis si contente que papa se rétablisse, maman ne sera pas aussi inquiète de le laisser. Oh ! mon Dieu. On dirait que tous les ennuis fondent sur nous et j'en supporte la plus rude part, soupira Jo. Personne ne peut aimer Beth comme moi. Beth c'est ma conscience, je ne veux pas qu'elle meure.

— Pauvre Jo, tu es à bout de forces. Ce n'est pas ton genre de te laisser aller. Cesse de pleurer. Je vais te redonner courage en une minute. »

Il partit vivement. Jo posa sa tête lasse sur le petit capuchon brun de Beth que personne n'avait songé à ranger.

Il devait posséder quelque pouvoir magique car l'esprit de soumission de sa gentille propriétaire sembla entrer dans Jo. Quand Laurie revint portant un verre de vin cuit, elle le prit avec un sourire et dit bravement :

« Je bois à la santé de ma Beth ! Tu es un bon docteur, Laurie, et un ami merveilleux. Comment pourrai-je jamais te remercier ?

— Je t'enverrai la facture en temps utile. Pour le moment, je vais te dire quelque chose qui réchauffera ton cœur mieux qu'un verre de vin, dit Laurie.

— Qu'est-ce que c'est ? s'écria Jo, oubliant un instant ses malheurs devant la mine réjouie de son ami.

— J'ai pris l'initiative d'envoyer une dépêche à ta mère hier. Brooke a répondu qu'elle arriverait ici ce soir. N'es-tu pas contente ? »

Il n'avait rien dit jusque-là de crainte d'effrayer les jeunes filles. Jo devint blême, lui jeta les bras autour du cou en criant :

« Oh ! Laurie. Oh ! Maman ! Je suis si contente ! »

Au lieu de pleurer, elle se mit à rire hystériquement, à trembler comme une feuille, à s'accrocher à Laurie. Celui-ci, bien qu'un peu déconcerté, se comporta avec une grande présence d'esprit. Il lui tapota le dos pour la réconforter, et voyant qu'elle se remettait un peu, lui donna un ou deux baisers timides qui lui rendirent conscience immédiatement. Se tenant à la rampe, elle le repoussa doucement, et lui dit, haletante :

« Oh non ! Je ne le voulais pas ; ce n'est pas bien de ma part ; mais tu as été si gentil de le faire malgré Hannah que je n'ai pu m'empêcher de me jeter sur toi. Raconte-moi tout et ne me donne plus de vin, tu vois ce que cela me fait faire.

— Peu importe, dit en riant Laurie et en redressant sa cravate. Grand-père et moi nous étions inquiets ; nous pensions que ta mère devait être mise au courant. Elle ne nous aurait jamais pardonné si Beth – enfin, si quelque chose était arrivé. Alors j'ai persuadé grand-père qu'il était grand temps d'intervenir. En voyant la mine grave du docteur j'ai bondi au bureau de poste. Ta mère arrivera cette nuit à deux heures du matin. J'irai la chercher.

— Laurie, tu es un ange ! Que pourrons-nous faire pour toi ?

— Tu te jetteras à mon cou de nouveau – cela ne me déplaît pas, fit Laurie d'un air malicieux qu'il n'avait pas eu depuis quinze jours.

— Non merci, mais j'embrasserai ton grand-père. Et maintenant va te reposer car tu seras debout la moitié de la nuit. »

Laurie partit. Jo se précipita dans la cuisine où elle s'assit sur un buffet et dit aux chats rassemblés combien elle était heureuse, oh ! si heureuse !

« Je n'ai jamais vu un garçon se mêler de tout comme celui-ci, dit Hannah quand on lui apprit la nouvelle, mais je lui pardonne. »

Meg fut tout heureuse à sa manière tranquille puis se plongea dans la lecture de la lettre tandis que Jo s'affairait à mettre de l'ordre dans la chambre de la malade et que Hannah préparait des petits pains « au cas où il viendrait d'autres personnes ». Tout le monde se réjouissait, à l'exception de Beth, toujours plongée dans un état de torpeur profonde. Elle resta ainsi toute la journée, ne s'éveillant de temps à autre que pour murmurer « à boire », avec des lèvres si desséchées qu'elles pouvaient à peine prononcer ces mots.

Le médecin avait dit qu'un changement se produirait, pour le mieux ou pour le pire, au début de la nuit et qu'il reviendrait vers minuit.

Hannah à bout de forces s'était couchée sur le sofa au pied du lit de la malade et s'était endormie ; M. Laurence arpentait le salon et Laurie étendu sur des coussins feignait de se reposer, mais il regardait les flammes avec un regard pensif qui rendait ses yeux noirs merveilleusement doux et lumineux.

Les jeunes filles ne devaient jamais oublier cette nuit-là.

« Si Dieu épargne Beth, je ne me plaindrai plus jamais, murmura Meg.

— Si Dieu épargne Beth, j'essaierai de L'aimer et de Le servir toute ma vie », répondit Jo avec une égale ferveur.

L'horloge sonna les douze coups de minuit, les deux sœurs se penchèrent pour observer Beth. Elles crurent voir un changement se produire sur son visage. La maison était silencieuse comme la mort, seul le vent gémissait au-dehors. Épuisée, Hannah continuait à dormir. Une heure passa. Laurie partit sans bruit pour la gare. Une autre heure s'écoula. Pourquoi ne revenait-il pas avec leur mère ? La tempête avait-elle retardé le train ou, pire, leur père était-il au plus mal ?

Il était plus de deux heures lorsque Jo, qui était debout à la fenêtre et pensait combien le monde paraissait effrayant sous son manteau de neige, entendit un léger mouvement. Elle se retourna vivement et vit Meg à genoux devant le fauteuil de leur mère, le visage caché dans ses mains. Une terrible angoisse étreignit Jo : « Beth est morte et Meg n'ose pas me le dire. »

En une seconde elle fut de nouveau à son poste ; un grand changement s'était produit. La rougeur de la fièvre, l'expression de souffrance s'étaient effacées, le petit visage paraissait si pâle, si calme, qu'elle n'éprouva aucun désir de pleurer ou de se lamenter. Elle embrassa le front humide avec tout son cœur en murmurant :

« Au revoir, ma Beth, au revoir ! »

Éveillée par le léger mouvement, Hannah courut au lit de Beth, tâta ses mains, regarda ses lèvres et, bouleversée, murmura :

« La fièvre est tombée. Elle dort et respire facilement. Dieu soit loué ! Oh ! Seigneur ! »

Avant que les deux sœurs puissent croire cette réalité, le médecin vint la confirmer.

« Oui, mes enfants, la petite est sauvée, dit-il d'un ton paternel. Ne faites pas de bruit, laissez-la dormir et quand elle se réveillera, donnez-lui… »

Ce qu'elles devaient lui donner, ni l'une ni l'autre ne l'entendit. Elles se glissèrent dans le couloir sombre et, assises sur une marche de l'escalier, se tinrent serrées l'une contre l'autre. Quand elles rentrèrent dans la chambre, Hannah les embrassa, les cajola et leur montra Beth couchée comme à son habitude, la joue dans le creux de sa main. Sa pâleur terrible avait disparu, elle respirait calmement, comme si elle venait juste de s'endormir.

« Si maman pouvait arriver maintenant ! » dit Jo lorsque l'aube parut.

Jamais le soleil ne s'était levé aussi brillant, jamais le monde ne leur avait paru aussi beau, lorsqu'en ce matin, Jo et Meg regardèrent dehors après leur longue veille.

« On dirait un monde féerique, dit Meg.

— Écoute ! » s'écria Jo en sautant sur ses pieds.

Oui, c'était bien un coup de sonnette, puis un cri de Hannah et la voix de Laurie annonçant avec joie :

« La voilà, les filles, la voilà ! »

16

LE TESTAMENT D'AMY

PENDANT QUE CES événements se déroulaient, Amy n'avait pas la vie rose chez tante March. Elle ressentait profondément son exil et pour la première fois de sa vie elle comprenait combien elle était aimée et gâtée chez elle. La vieille dame ne gâtait jamais personne ; c'était une chose qu'elle n'approuvait pas ; mais elle voulait être bonne parce que la petite fille bien élevée lui plaisait beaucoup et la tante March gardait dans son vieux cœur une tendresse pour les enfants de son neveu, tendresse qu'elle ne jugeait pas convenable de manifester. Elle faisait de son mieux pour rendre Amy heureuse, mais, Seigneur ! comme elle s'y prenait mal. Certaines personnes âgées restent jeunes en dépit de leurs rides et de leurs cheveux gris, elles comprennent les enfants, leurs soucis, leurs joies, savent les mettre à l'aise. Mais tante March ne possédait pas ce don et elle exaspérait Amy avec ses règles, ses ordres, sa rigidité, ses longs sermons. Comme elle trouvait la petite plus docile, plus aimable que sa sœur, la vieille dame estimait de son devoir de contrebalancer, dans toute la mesure du possible, les mauvais effets de la liberté, de l'indulgence dont elle jouissait chez elle. Elle prit donc Amy en main et voulut l'éduquer comme elle l'avait été soixante ans plus tôt – ce qui plongea Amy dans le désespoir et la fit se sentir comme une mouche prise dans la toile d'une araignée très cruelle.

Le matin, elle devait laver la vaisselle, astiquer les cuillères et la théière d'argent, faire briller les verres. Ensuite elle devait balayer et épousseter la salle à manger et ce n'était pas un petit travail. Pas le moindre grain de poussière n'échappait à tante March et les meubles étaient tous si ornés de sculptures qu'ils n'étaient jamais assez nettoyés à son gré. Ensuite il fallait nourrir Polly, peigner le caniche, monter et descendre plus de vingt fois l'escalier pour chercher des choses, car la vieille dame était infirme et quittait rarement son grand fauteuil. Une fois ces ennuyeux travaux terminés, Amy devait apprendre ses leçons, épreuve cruelle qui l'obligeait à faire appel à toute sa bonne volonté. Après cela on lui permettait de se distraire pendant une heure. Laurie venait chaque jour. Il obtint que tante March autorise Amy à sortir avec lui et tout en marchant ou en se promenant en voiture, elle passait une heure merveilleuse. Après le déjeuner elle devait lire à haute voix et rester immobile pendant que la vieille dame dormait, soit environ une heure, car elle fermait les yeux dès la première page. Après quoi venait le tour de la couture : des ourlets à faire à des serviettes, et Amy cousait avec une apparente docilité et une rébellion intérieure jusqu'au crépuscule, où on lui permettait enfin de se distraire à sa guise jusqu'à l'heure du thé-dîner. Le soir était le pire moment de tous car la tante March se mettait à raconter d'interminables histoires sur son enfance, si ennuyeuses qu'Amy était toujours prête à aller se coucher en versant un torrent de larmes sur son sort cruel mais elle sombrait dans le sommeil avant d'avoir eu le temps d'en répandre plus d'une ou deux.

Sans Laurie et sans la vieille Esther, la servante de tante March, elle n'aurait jamais pu supporter cette période. Le perroquet en lui-même était une épreuve, car il sentait qu'elle ne l'admirait pas et se vengeait en lui jouant tous les tours possibles. Il lui tirait les cheveux chaque fois qu'elle passait près de lui, renversait son pain et son lait quand elle venait tout juste de nettoyer sa cage, faisait aboyer le caniche quand la tante March sommeillait ; l'insultait dès que des visiteurs entraient, bref il se comportait comme un insupportable vieil oiseau. Elle ne supportait pas non plus le chien, Mop, qui grondait, aboyait quand elle lui faisait sa toilette, se couchait sur le dos, pattes en l'air avec l'expression la plus idiote quand il voulait manger quelque chose, environ une douzaine de fois par jour. La cuisinière avait mauvais caractère, le vieux cocher était sourd et seule Esther se montrait gentille avec Amy.

Esther était une Française qui vivait avec « Madame », comme elle appelait sa maîtresse, depuis de nombreuses années et tyrannisait la vieille dame qui ne pouvait se passer d'elle. Son vrai nom était Estelle, mais tante March l'avait obligée à en changer et elle avait obéi, à condition de n'avoir jamais à changer de religion. Elle se prit d'amitié pour Mlle Amy et la distrayait avec de drôles d'histoires sur sa vie en France. Elle la laissait errer dans la grande maison, examiner les curieuses et jolies choses emmagasinées dans de grands placards et d'anciens coffres, car tante March amassait comme une pie. Amy aimait particulièrement examiner les bijoux qui reposaient dans des écrins doublés de velours. Il y avait le collier de grenats qu'avait porté tante March le jour de son premier bal, les perles que son père lui avait offertes à l'occasion de son mariage, les diamants, cadeau de son fiancé ; des bagues et des broches, les petits bracelets qu'avait portés sa petite-fille, son unique enfant, la grosse montre de l'oncle March et le cachet rouge avec lequel tant de mains enfantines avaient joué, et dans une boîte, toute seule, l'alliance de tante March, trop petite maintenant pour son doigt enflé mais mise soigneusement de côté comme l'objet le plus précieux de tous.

« J'aimerais savoir où iront toutes ces jolies choses quand tante March mourra, dit Amy un jour en remettant un bijou dans son écrin.

— À vous et à vos sœurs, je le sais ; Madame me confie tout ; et j'ai signé son testament comme témoin, murmura Esther en souriant.

— J'aimerais bien mieux les avoir maintenant, fit Amy.

— Vous êtes trop jeune mais j'ai dans l'idée que Madame vous donnera la petite bague de turquoise quand vous repartirez car elle est contente de votre conduite.

— Vraiment ? Je serai sage comme une image. J'aime bien tante March après tout », fit Amy en essayant la bague bleue avec un visage radieux et en prenant la ferme résolution de la mériter.

À partir de ce jour, elle fut un modèle d'obéissance et la vieille dame était fière du succès de son éducation.

Dans son premier effort pour être bonne, très bonne, Amy décida de faire son testament, comme la tante March ; ainsi si elle tombait malade et mourait, ses biens seraient généreusement et justement répartis. Cela lui coûta beaucoup, car elle tenait à ses petits trésors autant que la vieille dame à ses bijoux.

Pendant une de ses heures de liberté, elle écrivit cet important document du mieux qu'elle put avec l'aide d'Esther pour certains termes légaux et quand la bonne Française eut signé son nom à titre de témoin, Amy le rangea pour le montrer à Laurie qu'elle avait choisi comme second témoin.

Il pleuvait. Elle monta se distraire dans une des grandes chambres d'en haut et prit Polly pour lui tenir compagnie. Il y avait dans cette pièce une penderie pleine de vieux costumes avec lesquels Esther lui permettait de s'amuser. Elle aimait par-dessus tout s'habiller de robes de brocart et parader devant le grand miroir en se faisant des révérences et en faisant bruire sa longue traîne. Elle était si occupée ce jour-là qu'elle n'entendit pas le coup de sonnette de Laurie et ne vit pas qu'il avait passé la tête par la porte et la regardait se promener de long en large très dignement. Elle s'éventait avec grâce, rejetait la tête en arrière. Le grand turban rose dont elle s'était coiffée contrastait d'une manière comique avec une robe de brocart bleu et un jupon jaune. Elle marchait avec précaution car elle avait de très hauts talons. Laurie raconta ensuite à Jo quel spectacle inattendu c'était de la voir se pavaner dans son costume, avec Polly qui se dandinait derrière elle, l'imitant de son mieux et s'arrêtant de temps à autre pour rire ou s'exclamer : « Ne sommes-nous pas jolis ? Avance, tordue ! Tais-toi ! Embrasse-moi chérie ! Ah ! ah ! »

De crainte d'offenser sa majesté, Laurie se retint d'éclater de rire, frappa à la porte entrebâillée et fut gracieusement reçu.

« Assieds-toi et repose-toi pendant que j'enlève tout cela. Il faut que je te consulte sur une affaire très sérieuse », dit Amy après s'être fait admirer et avoir repoussé Polly dans un coin.

« Cet oiseau est l'épreuve de ma vie, continua-t-elle. Hier, pendant que tante sommeillait et que j'essayais de ne pas bouger plus qu'une souris, il s'est mis à battre des ailes dans sa cage et à crier ; je suis allée le délivrer et j'ai trouvé une grosse araignée ; je l'ai fait sortir et elle a couru sous la bibliothèque. Polly s'est dirigé droit sur elle, s'est arrêté, a coulé un œil sous le meuble en disant : "Sors d'ici, ma chère, et viens te promener." Je n'ai pas pu m'empêcher de rire, ce qui a fait jurer Polly et se réveiller ma tante qui nous a grondés tous les deux.

— L'araignée a-t-elle accepté l'invitation de ce vieux forban ? demanda Laurie.

— Oui, elle est sortie. Polly s'est enfui, effrayé à mort. Il est monté sur le fauteuil de ma tante en criant : "Attrape-la ! Attrape-la !" tandis que je pourchassais l'araignée.

— C'est un mensonge ! Oh ! Seigneur ! s'écria le perroquet en piquant les orteils de Laurie.

— Je te tordrais le cou si tu m'appartenais, misérable, s'écria Laurie en lui montrant le poing.

— Je suis prête, dit Amy en sortant un papier de sa poche. Je voudrais que tu lises cela et me dises si c'est légal et bien. La vie est si incertaine que j'ai eu le sentiment que je devais le faire. »

Laurie dut se mordre les lèvres en lisant le document suivant avec une gravité méritoire si l'on considère l'originalité de l'orthographe.

« Mes dernières volontés et testament.

« Moi, Amy Curtis March, étant dans mon *espri saint*, je donne et lègue toutes mes *propriété terrestre* à :

« À mon père, mes *meilleur tableau*, croquis, cartes et *travau* d'art, y compris les cadres. Et aussi mes 100 dollars pour en faire ce qu'il voudra.

« À ma mère, tous mes *vêtemans*, sauf le tablier bleu avec des poches – ainsi que mon *portrais*, ma médaille et beaucoup de tendresse.

« À ma chère sœur Margaret, je donne ma bague de *turkquoise* (si je l'ai), ma boîte verte avec les *colombe* dessus, mon bout de vraie dentelle pour s'en faire un col et mon croquis d'elle en souvenir de sa « petite fille ».

« À Jo, je laisse ma broche, celle réparée avec de la cire à cacheter, mon encrier de bronze – celui qui a perdu le couvercle – et mon plus beau lapin de plâtre, parce que je suis désolée d'avoir brûlé son histoire.

« À Beth (si elle me survit) mes poupées, le petit bureau, mon éventail, mes cols de linon et mes nouvelles *pentouffles* si elle peut les porter parce qu'elle sera mince quand elle sera guérie. Je lui dis aussi mon *regrait* de m'être moquée de la vieille Joanna.

« À mon ami et voisin Théodore Laurence, je lègue mon album de dessins, mon cheval en argile qui me sert de modèle, bien qu'il n'ait plus d'encolure et aussi, pour le remercier de sa grande bonté dans mes heures d'affliction, celle de mes œuvres artistiques qu'il préfère.

« À notre *onnorable* bienfaiteur, M. Laurence, je laisse ma boîte rouge avec un miroir comme couvercle où il pourra *renger* ses plumes et qui lui rappellera la petite fille qui le remercie de ses faveurs pour notre famille, surtout pour Beth.

« J'aimerais que mon amie préférée Kitty Bryant ait le tablier de soie bleu et ma petite bague d'or.

« À Hannah je donne le carton à *chapau* qu'elle désirait avoir et mes *travau* de couture, en espérant qu'elle se souviendra de moi quand elle les verra.

« Et maintenant ayant disposé de mes biens, j'espère que tous *serons* satisfaits et ne *blâmeron* pas la morte. Je pardonne à tous. Et j'espère que nous nous retrouverons tous quand les *tronpetes* du jugement dernier sonneront. Amen.

« À ces dernières volontés et testament je signe et j'appose mon *seau* en ce 20e jour du mois de novembre. *Anni* domino 1861.

« Amy Curtis March.

Témoins : Estelle Valnor
Théodore Laurence »

Le dernier nom était écrit au crayon et Amy expliqua à Laurie qu'il devait le récrire à l'encre et cacheter le testament.

« Qu'est-ce qui t'a mis cette idée en tête ? T'a-t-on dit que Beth avait distribué ses affaires ? » demanda gravement

Laurie tandis qu'Amy posait devant lui un bâton de cire rouge, un cachet et de quoi écrire.

Elle lui expliqua la raison de ce testament, puis elle demanda anxieusement :

« Qu'as-tu dit à propos de Beth ?

— Je suis désolé d'avoir parlé ; mais puisque je l'ai fait je vais tout te dire. Un jour, elle s'est trouvée si mal qu'elle a dit à Jo qu'elle voulait donner son piano à Meg, ses chats à toi, et la pauvre vieille poupée à Jo qui l'aimerait par tendresse pour elle. Elle était triste d'avoir si peu de choses à distribuer, elle a laissé ses cheveux à tous les autres et toute son affection à grand-père. Elle n'a jamais pensé à un testament. »

Laurie signait et scellait le document tout en parlant et ne leva les yeux qu'en voyant une grande larme tomber dessus. Le visage troublé, Amy demanda :

« Est-ce que les gens ne mettent pas des sortes de *poscriptum* à leurs testaments ?

— Oui, on les appelle des codicilles.

— Alors ajoutes-en un – je voudrais que toutes mes boucles soient coupées et distribuées à mes amis. Je l'avais oublié ; mais je veux que cela soit fait, quoique cela me rende moins jolie. »

Laurie ajouta le codicille en souriant au dernier et plus grand sacrifice d'Amy. Puis il tâcha de la distraire pendant une heure et s'intéressa beaucoup à tous ses soucis. Comme il se disposait à partir, Amy le retint et lui murmura, les lèvres tremblantes :

« Beth est-elle vraiment en danger ?

— Oui, mais ne pleure pas, nous devons espérer », dit-il en lui passant le bras autour des épaules dans un geste fraternel qui la réconforta beaucoup.

Quand il fut parti, elle pria pour Beth. Les larmes ruisselaient sur son visage et elle sentait qu'un million de bagues de turquoise ne la consoleraient pas de la perte de sa sœur.

17

Confidences

⁂

Aucune parole ne saurait exprimer l'émotion qui étreignit la mère et les filles en se retrouvant ; de telles heures sont belles à vivre mais très difficiles à décrire. La joie régnait dans la maison et quand Beth s'éveilla d'un long et reposant sommeil, son premier regard tomba sur le visage de sa mère. Trop faible pour s'étonner, elle sourit, se blottit dans les bras qui se tendaient vers elle, puis elle se rendormit. Mme March ne voulait pas lâcher la main si menue qui s'accrochait à la sienne dans son sommeil et les deux sœurs durent la nourrir.

À voix basse, Mme March leur donna des nouvelles de leur père. M. Brooke avait promis de veiller sur lui. Elle leur raconta les retards occasionnés par la tempête pendant le voyage et le réconfort que lui avait apporté le visage plein d'espoir de Laurie quand elle était arrivée épuisée de fatigue, d'angoisse et de froid.

Comme la journée était belle ! Le monde semblait accueillir la première neige. Tous se reposèrent après une nuit harassante de veille. Hannah montait la garde à la porte d'entrée.

Tous se reposèrent après une nuit harassante de veille.
Hannah montait la garde à la porte d'entrée.

Laurie s'empressa d'aller rassurer Amy. Elle serait avec joie sortie pour jouir du beau temps mais, voyant que Laurie tombait de sommeil en dépit de ses efforts virils pour le cacher, elle le persuada de se reposer sur le sofa pendant qu'elle écrivait un mot à sa mère. Elle mit longtemps et quand elle revint, Laurie était profondément endormi, les bras sous la tête. Tante March avait fermé les rideaux et veillait sur lui, toute bienveillante.

Au bout de quelque temps, elles crurent qu'il dormirait jusqu'au soir et sans doute l'eût-il fait s'il n'avait pas été réveillé par un cri de joie d'Amy à la vue de sa mère. Il y avait probablement dans la ville beaucoup de petites filles heureuses ce jour-là mais Amy était la plus heureuse de toutes, assise sur les genoux de sa mère, lui racontant toutes ses peines et se faisant consoler et caresser.

Mme March vit sur la main de sa petite fille quelque chose qui la fit sourire. Elle ne dit rien, mais Amy comprit le regard et, au bout d'un court silence, elle dit gravement :

« Je voulais t'en parler tout de suite, mais je l'ai oublié. Tante m'a donné cette bague aujourd'hui ; elle m'a appelée, m'a embrassée, me l'a passée au doigt en me disant qu'elle était fière de l'éducation qu'elle m'avait donnée et qu'elle aimerait me garder toujours auprès d'elle. Elle a mis cette drôle de chose autour parce qu'elle était trop grande. Est-ce que je peux la garder, maman ?

— Elle est très jolie mais tu es un peu jeune pour porter des bijoux, Amy, dit Mme March en regardant la petite main avec les pierres bleues et les deux petites mains d'or qui retenaient la turquoise.

— J'essaierai de ne pas être vaniteuse, dit Amy. Je ne crois pas que je l'aime seulement parce qu'elle est jolie, mais je voudrais qu'elle me rappelle quelque chose.

— Tante March ? demanda en riant sa mère.

— Non, pour me rappeler de ne pas être égoïste. »

Devant son air sincère, Mme March cessa de sourire.

« Porte cette bague, ma chérie, dit-elle, et fais de ton mieux. Je pense que tu t'amélioreras parce que le désir vrai d'être bonne, c'est déjà la bataille à moitié gagnée. Maintenant, il faut que je retourne auprès de Beth. Garde courage, ma chérie, et bientôt tu reviendras à la maison. »

Ce soir-là, pendant que Meg écrivait à son père pour lui donner des détails sur le voyage et l'arrivée de leur mère, Jo se glissa dans la chambre de Beth, et trouvant sa mère à sa place habituelle, se tint immobile un moment, tortillant ses mèches de cheveux avec un air troublé et indécis.

« Qu'y a-t-il, ma chérie ? demanda Mme March en lui tendant la main pour l'inviter à se confier.

— Je voudrais te dire quelque chose, maman.

— À propos de Meg ?

— Comme tu as vite deviné ! Oui, c'est à propos d'elle. Ce n'est pas grand-chose mais cela me tourmente.

— Beth dort ; parle bas et raconte-moi tout. »

Jo s'assit sur le plancher aux pieds de sa mère.

« L'été dernier Meg a laissé une paire de gants chez les Laurence et on ne lui en a renvoyé qu'un. Nous avions complètement oublié cela quand Laurie m'a raconté que M. Brooke avait l'autre. Il le garde dans la poche de sa veste et une fois, il est tombé ; Laurie l'en a plaisanté et M. Brooke a avoué qu'il aimait Meg mais n'osait pas le dire parce qu'elle était si jeune et qu'il était si pauvre. N'est-ce pas terrible ?

— Penses-tu que Meg tienne à lui ? demanda Mme March.

— Miséricorde ! Je n'y connais rien en fait d'amour et autres balivernes ! s'écria Jo avec un comique mélange d'intérêt et de mépris. Dans les romans les jeunes filles amoureuses sursautent, rougissent, s'évanouissent, maigrissent et se livrent à toutes sortes de sottises. Meg ne fait rien de tout cela ; elle mange, boit, dort comme une créature sensée ; elle me regarde en face quand je parle de cet homme et ne rougit un peu que quand Laurie plaisante sur les amoureux. Je le lui ai interdit mais il s'en moque.

— Tu penses donc que Meg ne s'intéresse pas à John.

— À qui ? s'écria Jo, surprise.

— M. Brooke. Je l'appelle John maintenant ; nous en avons pris l'habitude ton père et moi à l'hôpital.

— Oh ! mon Dieu ! Je savais que tu te mettrais de son côté. Parce qu'il a été bon pour papa, tu le laisseras épouser Meg. C'est mesquin de sa part d'avoir soigné papa, de t'avoir aidée, juste pour vous forcer à l'aimer, fit Jo en se tirant de nouveau les cheveux.

— Ma chérie, ne sois pas en colère et je te dirai comment tout cela s'est passé. John m'a accompagnée à la requête de M. Laurence. Il s'est montré si dévoué que nous n'avons pu nous empêcher d'éprouver de l'affection pour lui. Il a été très franc en ce qui concerne Meg ; il nous a dit qu'il l'aimait mais voulait pouvoir lui assurer un foyer confortable avant de lui demander de l'épouser. Il demandait seulement la permission de la chérir et de travailler pour elle et le droit de se faire aimer d'elle s'il le pouvait. C'est un excellent jeune homme ; mais je ne consentirai pas à ce que Meg s'engage aussi jeune.

— Bien sûr que non ; ce serait fou ! Je devinais qu'une nouvelle épreuve se préparait ! Je le pressentais et c'est pire que je l'imaginais. Je voudrais pouvoir épouser Meg moi-même et la garder dans la famille. »

Cet arrangement étrange fit sourire Mme March mais ce fut avec gravité qu'elle répondit :

« Jo, je te fais confiance. Je ne souhaite pas que tu en parles à Meg. Quand John reviendra et que je les verrai ensemble, je pourrai mieux juger des sentiments qu'il lui inspire.

— Elle lira les siens dans ces beaux yeux dont elle parle tant et c'en sera fini d'elle. Elle a lu et relu les courtes lettres qu'il envoyait, beaucoup plus que les tiennes. Elle aime les yeux bruns et ne trouve pas que le nom de John soit vilain. Elle tombera amoureuse de lui et c'en sera fini de la paix, de la joie, de tout le bon temps que nous avons ensemble. Brooke ira chercher fortune quelque part, il l'emmènera et cela fera un grand vide dans la famille. J'aurai le cœur brisé et tout me paraîtra triste. Oh ! mon Dieu. Pourquoi ne sommes-nous pas des garçons ? Alors il n'y aurait pas de soucis de ce genre. »

Jo appuya son menton sur ses genoux dans une attitude désolée et montra le poing au méchant John. Mme March soupira. Jo la regarda, soulagée.

« Cela ne te plaît pas non plus, maman ? J'en suis contente. Laisse-le s'en aller et ne parle pas à Meg.

— J'ai eu tort de soupirer, Jo. Il est naturel que le moment venu, vous ayez chacune un foyer à vous ; mais je désire garder mes filles aussi longtemps que possible et je regrette que cela soit arrivé si tôt. Meg n'a que dix-sept ans et quelques années passeront avant que John puisse lui offrir un foyer. Ton père et moi avons décidé qu'elle ne s'engagerait en aucune façon et ne se marierait pas avant d'avoir vingt ans. Si John et elle s'aiment, ils sauront attendre.

— N'aurais-tu pas préféré qu'elle épouse un homme riche ? demanda Jo.

— L'argent est une chose bonne et utile, Jo, et j'espère que mes filles n'en manqueront pas trop cruellement, mais qu'elles ne seront pas non plus trop tentées par lui. Il suffit que John ait une situation sûre, qui lui fournisse un revenu suffisant, pour le laisser libre de dettes et lui permette de donner à Meg une existence confortable. Si le rang et l'argent peuvent aller de pair avec l'amour et les qualités morales j'en serai heureuse. Mais je sais par expérience combien on peut être heureux dans une simple petite maison.

— Je comprends, maman, mais je déteste voir les choses changer ainsi. Si seulement nous pouvions porter des plaques de fer sur la tête pour nous empêcher de grandir. Mais les bourgeons deviennent des feuilles et les chatons des chats – quel dommage !

— Qu'est-ce que c'est que ces plaques de fer et ces chats ? demanda Meg en se glissant dans la chambre, sa lettre finie à la main.

— Oh ! Un de mes stupides discours. Je vais me coucher, tu viens, Meg, dit Jo, en s'étirant comme un jeune animal.

— Parfait et très bien écrite. Je t'en prie, envoie mes amitiés à John, dit Mme March après avoir parcouru la lettre.

— Vous l'appelez John ? demanda Meg en souriant, ses yeux innocents fixés sur sa mère.

— Oui, il a été pour nous comme un fils et nous l'aimons beaucoup.

— J'en suis bien heureuse. Il est si seul. Bonne nuit, maman chérie. C'est si merveilleux de t'avoir ici », répondit paisiblement Meg.

Le baiser que sa mère lui donna était très tendre. Quand elle se fut éloignée, Mme March se dit avec un mélange de satisfaction et de regret :

« Elle n'aime pas encore John mais elle apprendra vite à l'aimer. »

18

LAURIE FAIT DES SIENNES

LE LENDEMAIN, Jo avait une expression bizarre ; le secret pesait lourd sur elle et elle avait peine à ne pas prendre un air mystérieux et important. Meg le remarqua mais se garda de poser des questions car elle avait appris que le meilleur moyen de manœuvrer Jo était de recourir à la loi des contraires. Elle était donc sûre que Jo lui raconterait tout si elle ne demandait rien. Elle fut donc assez surprise de voir que sa sœur gardait le silence et prenait un air protecteur qui agaça Meg, laquelle à son tour s'enferma dans une digne réserve et se consacra entièrement à sa mère.

Jo resta donc avec elle-même, Mme March ayant pris sa place au chevet de Beth et lui ayant recommandé de se reposer, de s'aérer et de se distraire. Amy n'étant pas là, Laurie était son seul refuge mais elle avait beau jouir de sa société, elle le redoutait en ce moment, car c'était un incorrigible taquin et elle craignait qu'il ne réussît à lui arracher son secret.

Elle ne se trompait pas ; le malicieux garçon n'eut pas plus tôt soupçonné un mystère qu'il s'employa à le percer et mena la vie dure à Jo. Il la cajola, la taquina, la menaça, la gronda. À force de persévérance, il parvint à savoir qu'il s'agissait de Meg et de M. Brooke. Indigné de n'avoir pas été mis dans la confidence, il décida de se venger de cet affront.

Meg semblait ne plus prêter attention aux airs mystérieux de sa sœur et s'absorbait dans les préparatifs en vue du retour de son père, mais tout à coup un changement se produisit en elle et pendant un jour ou deux elle ne fut plus du tout elle-même. Elle sursautait quand on lui parlait, rougissait quand on la regardait, restait pensive, plongée dans sa couture, avec une expression timide et troublée. Aux questions de sa mère, elle répondait qu'elle se sentait tout à fait bien et imposait silence à Jo en la priant de la laisser tranquille.

« Elle sent l'amour dans l'air, dit Jo à sa mère. Elle en présente tous les symptômes, elle se fâche pour un rien, ne mange pas, reste éveillée la nuit, rêvasse dans les coins. Je l'ai surprise chantant cet air qu'il a traduit pour elle ; une fois j'ai dit "John" comme toi et elle est devenue aussi rouge qu'un coquelicot. Qu'est-ce que nous allons faire ?

— Rien du tout. Attendre. Laisse-la en paix, sois bonne et patiente. L'arrivée de ton père arrangera tout », répondit Mme March.

Le lendemain quand elle distribua le contenu de la boîte à lettres, Jo dit à Meg.

« Tiens, en voici une pour toi. C'est curieux, elle est cachetée. Laurie ne cachette jamais les miennes. »

Mme March et Jo étaient plongées dans leurs propres affaires quand Meg laissa échapper un sanglot qui leur fit lever la tête et la regarder. Son visage était pâle.

« Mon enfant, qu'as-tu ? s'écria Mme March en courant à elle tandis que Jo essayait de lui arracher le papier qui était cause de son chagrin.

— Ce n'est pas lui – il n'a pas envoyé cela. Oh ! Jo, comment as-tu pu ? »

Et Meg se cacha le visage dans ses mains en pleurant comme si elle avait le cœur brisé.

« Moi ? Je n'ai rien fait ! De quoi parle-t-elle ? » s'écria Jo, stupéfaite.

Les yeux étincelant de colère, Meg tira une feuille froissée de sa poche et la jeta à Jo.

« C'est toi qui l'as écrite et ce méchant garçon t'a aidée. Comment pouvez-vous être aussi cruels envers nous deux ? »

Jo l'entendit à peine car sa mère et elle lisaient le billet recouvert d'une écriture bizarre.

> « Ma très chère Margaret,
>
> « Je ne puis plus contenir ma passion et je veux connaître mon sort avant de revenir. Je n'ose pas en parler à vos parents, mais je pense qu'ils consentiraient s'ils savaient que nous nous adorons l'un l'autre. M. Laurence m'aidera à trouver une bonne situation et alors, ma tendre aimée, nous serons heureux. Je vous implore de n'en rien dire encore à votre famille mais écrivez-moi un mot d'espoir par l'intermédiaire de Laurie.
>
> Votre dévoué
>
> John »

« Oh ! le misérable. Voilà comment il me fait payer d'avoir tenu la parole que j'avais donnée à maman. Je vais de ce pas lui dire ce que j'en pense et l'amener ici pour implorer son pardon », s'écria Jo, brûlant de rétablir immédiatement la justice.

Sa mère la retint en disant avec un air qu'elle avait rarement :

« Jo, tu joues si souvent des tours que je me demande si tu n'as pas trempé là-dedans.

— Je te donne ma parole que non. Je n'ai jamais vu ce mot avant et j'en ignorais tout, dit Jo avec tant de sincérité qu'elles la crurent. D'ailleurs j'aurais écrit quelque chose de moins stupide. Vous auriez tout de suite compris que ce n'était pas M. Brooke qui pouvait écrire une telle sottise.

— Cela ressemble pourtant à son écriture, balbutia Meg en la comparant avec la lettre qu'elle tenait dans sa main.

— Oh ! Meg, tu lui avais écrit ? s'écria vivement Mme March.

— Oui, et Meg cacha de nouveau son visage dans ses mains, toute honteuse.

— Laissez-moi aller chercher cet affreux garçon et l'obliger à s'expliquer. Il mérite d'être rudement sermonné, dit Jo en courant à la porte.

— Non, reste. Je veux savoir ce qui s'est passé, car c'est plus grave que je ne le pensais. Meg, raconte-moi tout, ordonna Mme March en s'asseyant près de sa fille, sans lâcher Jo de crainte qu'elle ne s'élançât de nouveau.

— Laurie m'a remis la première lettre. Il n'avait l'air au courant de rien, commença Meg sans lever la tête. J'étais ennuyée au début et j'ai voulu t'en parler ; puis je me suis rappelée combien vous aimiez M. Brooke, papa et toi, et j'ai pensé que tu ne m'en voudrais pas de garder mon petit secret quelques jours. Pardonne-moi, maman, j'ai bien payé ma sottise. Je n'oserai plus jamais le regarder en face.

— Qu'est-ce que tu lui as écrit ? demanda Mme March.

— Que j'étais encore trop jeune ; que je ne voulais pas garder des secrets et qu'il devait d'abord parler à père. Je le remerciais et disais que je resterais son amie, rien de plus, pour longtemps. »

Mme March sourit, contente.

« Quel modèle de prudence ! Raconte, Meg. Que t'a-t-il répondu ? dit Jo en battant des mains et en riant.

— Il me dit qu'il ne m'a jamais écrit et qu'il est navré que mon insupportable sœur ait pris de telles libertés. Il s'est montré très bon, très respectueux, mais pensez combien c'est terrible pour moi ! »

Image même du désespoir, Meg s'appuya contre sa mère. Jo se mit à arpenter la pièce en traitant Laurie de tous les noms. Soudain elle s'arrêta, examina attentivement les deux lettres et déclara :

« Je ne crois pas que Brooke ait vu aucune de ces lettres. Laurie les a écrites et il garde la tienne pour pouvoir me narguer parce que je ne lui ai pas dit mon secret.

— N'aie jamais de secrets, Jo ; confie-les à maman et évite les ennuis comme j'aurais dû le faire, dit Meg.

— Mais c'est maman qui me l'avait dit.

— Cela suffit, Jo, dit Mme March. Je vais consoler Meg pendant que tu vas chercher Laurie. J'entends aller au fond des choses et mettre fin à ce genre de plaisanterie. »

Jo partit en courant et Mme March parla doucement à Meg des sentiments de M. Brooke.

« Et toi, ma chérie, quels sont les tiens ? L'aimes-tu assez pour attendre qu'il ait pu te préparer un foyer ou préfères-tu rester libre pour le moment ?

— J'ai été trop troublée et tourmentée, je ne veux plus entendre parler d'amour d'ici longtemps – peut-être jamais, répondit vivement Meg. Si John ne sait rien de toutes ces sottises, ne lui dis rien et fais que Jo et Laurie se taisent. Je ne veux pas qu'on se moque de moi – oh ! c'est une honte ! »

Voyant que Meg, d'ordinaire si douce, s'emportait, qu'elle était profondément blessée dans sa fierté, Mme March l'apaisa en lui promettant le silence. Dès que le pas de Laurie se fit entendre dans le vestibule, Meg s'enfuit dans sa chambre et Mme March reçut seule le coupable. Jo ne lui avait pas dit pourquoi on le demandait de crainte qu'il ne refusât de venir mais il le comprit dès qu'il vit le visage de Mme March. Jo fut priée de sortir. Ce qui se dit pendant la demi-heure qui suivit, les deux sœurs ne le surent jamais.

Quand leur mère les rappela, Laurie avait une mine si contrite que Jo lui pardonna sur-le-champ mais préféra ne pas le montrer. Meg reçut ses humbles excuses et fut très rassurée quand il affirma que M. Brooke ignorait tout de la plaisanterie. Elle lui pardonna de bon cœur et le visage grave de Mme March se détendit quand elle entendit Laurie déclarer qu'il réparerait sa faute par toutes sortes d'actes expiatoires.

Devant l'air mécontent que s'efforçait de prendre Jo, Laurie essaya de la radoucir puis, voyant qu'il n'y parvenait pas, il lui tourna le dos et partit sans un mot.

Jo se repentit tout de suite de n'avoir pas montré plus de mansuétude et, s'armant d'un livre qu'elle avait à rendre à M. Laurence, elle se rendit aussitôt à la grande maison.

« M. Laurence est-il là ? demanda-t-elle à la femme de chambre.

— Oui, mademoiselle, mais je ne crois pas que vous puissiez le voir.

— Pourquoi pas ? Serait-il souffrant ?

— Oh ! non, mademoiselle, mais il a eu une scène avec M. Laurie qui est dans un de ses accès de mauvaise humeur. Le vieux monsieur est si fâché que je n'ose pas aller le déranger.

— Où est Laurie ?

— Enfermé dans sa chambre et il ne veut pas répondre, bien que j'aie frappé plusieurs fois à sa porte. Le déjeuner est prêt et il n'y a personne pour le manger.

— Je vais aller voir ce qui se passe. Je n'ai peur ni de lui ni de M. Laurence. »

Et Jo monta, frappa vigoureusement à la porte de Laurie.

« Tu peux repartir », cria le jeune homme d'une voix menaçante.

Jo s'empressa de frapper de nouveau ; la porte s'ouvrit et elle entra en trombe avant que Laurie ait pu se remettre de sa surprise. Voyant qu'il était réellement d'une humeur massacrante, Jo, qui savait comment le manœuvrer, s'approcha de lui et lui dit en prenant une mine contrite et en tombant gracieusement à genoux :

« Je t'en prie, pardonne-moi d'avoir été aussi fâchée. Je veux me réconcilier avec toi.

— Ça va. Lève-toi, Jo.

— Merci. Puis-je te demander pourquoi tu as cet air ennuyé ?

— On m'a traité sans ménagement et je ne le supporterai pas ! grommela Laurie, indigné.

— Qui ?

— Grand-père. Si cela avait été quelqu'un d'autre, je… je…, et il finit sa phrase par un geste éloquent du bras droit.

— Ce n'est rien. Je te malmène souvent et cela t'est égal.

— Peuh ! Tu es une fille et c'est plutôt drôle, mais je ne permets pas à un homme de me rudoyer.

— Personne n'en aurait envie en ce moment. Pourquoi as-tu été ainsi traité ?

— Parce que j'ai refusé de dire pourquoi ta mère m'avait fait appeler. J'avais promis de garder le secret et je n'allais pas manquer à ma parole.

— Ne pouvais-tu contenter ton grand-père d'une autre façon ?

— Non, il voulait savoir la vérité, rien que la vérité. Je lui aurais bien dit le rôle que j'avais joué dans l'histoire si cela ne m'avait obligé à parler de Meg. Alors, j'ai tenu ma langue et supporté ses gronderies jusqu'à ce qu'il me prenne au col et me secoue. Cela m'a mis en fureur et je me suis enfui de peur de ne pas me maîtriser.

— Ce n'était pas très gentil, mais il est désolé, j'en suis sûre ; descends et réconcilie-toi avec lui. Je vais t'aider.

— Du diable si je le fais ! Je n'entends pas être sermonné et rossé par tout le monde, juste pour une sottise. J'étais désolé pour Meg, aussi j'ai demandé pardon comme un homme, mais je n'ai pas l'intention de le faire quand je ne suis pas dans mon tort.

— Ton grand-père ne le savait pas.

Il devrait avoir confiance en moi et ne pas me traiter comme si j'étais un bébé. Il faut qu'il apprenne que je suis capable de m'occuper de mes affaires.

— Oh ! Quelle famille de soupe au lait ! soupira Jo. Comment penses-tu t'en sortir ?

— Je veux qu'il me demande pardon et me croie quand je lui dis que j'ai promis le secret.

— Voyons, sois raisonnable. Je vais lui expliquer comme je pourrai. Tu ne peux pas rester ici indéfiniment, alors à quoi bon toute cette tragédie ?

— Je n'ai pas l'intention de rester ici. Je vais partir pour Washington voir Brooke.

— Oh ! Comme tu t'amuseras ! Je voudrais bien y aller moi aussi, fit Jo, oubliant son rôle de mentor à la perspective de la vie libre qu'elle trouverait dans la capitale.

— Viens alors ! Pourquoi pas ? Tu feras une surprise à ton père et je brusquerai ce vieux Brooke. Partons Jo. Nous laisserons une lettre disant que tout va bien pour nous. J'ai assez d'argent ; cela te fera le plus grand bien et personne ne pourra rien nous reprocher puisque tu iras voir ton père. »

Pendant quelques secondes Jo fut sur le point d'accepter car, si fou que fût le projet, il lui plaisait. Elle était fatiguée de sa longue réclusion, aspirait à un changement. Ses yeux se tournèrent pensivement vers la fenêtre mais son regard tomba sur la vieille maison et elle secoua la tête avec regret.

« Si j'étais un garçon, nous partirions ensemble et nous passerions des heures merveilleuses, mais n'étant qu'une pauvre fille je dois me comporter convenablement et rester chez moi. Ne me tente pas, Laurie. C'est un projet insensé. Je suis venue ici pour te faire la morale non pas pour entendre ces sottises. »

Elle réfléchit un moment.

« Écoute, Laurie, si j'obtiens que ton grand-père te fasse des excuses pour t'avoir secoué, renonceras-tu à t'enfuir ? demanda-t-elle gravement.

— Oui, mais tu n'y réussiras pas », répondit Laurie qui souhaitait se réconcilier avec son grand-père mais sans perdre la face.

Jo sortit, laissant Laurie penché sur une carte de chemin de fer.

« Puisque j'ai réussi à calmer le jeune, je réussirai avec l'autre », se disait-elle.

« Entrez ! dit une voix maussade quand Jo frappa à la porte de M. Laurence.

— C'est seulement moi, monsieur, je suis venue vous rendre un livre.

— Vous en voulez d'autres ? demanda le vieux monsieur, essayant de ne pas montrer combien il était de méchante humeur.

— Oui, s'il vous plaît. J'aime tant le vieux Sam, j'aimerais lire le second épisode », dit Jo, espérant l'amadouer car c'était lui qui lui en avait recommandé la lecture.

Jo se dirigea vers la rangée de livres et affecta de chercher mais elle se demandait en fait comment aborder le motif délicat de sa visite. M. Laurence parut soupçonner qu'elle avait quelque chose en tête car, soudain, il se tourna vers elle et d'un ton brusque demanda :

« Qu'a fait ce garçon ? N'essayez pas de le protéger. Je soupçonne quelque sottise à la manière dont il s'est comporté à son retour ici. Je n'ai pas pu lui arracher un mot et quand je l'ai menacé de le forcer à me dire la vérité, il a filé en haut et s'est enfermé dans sa chambre.

— Il a mal agi mais nous lui avons pardonné et nous avons tous promis de n'en parler à personne, commença Jo à contrecœur.

— Je ne suis pas d'accord ; il ne doit pas s'abriter derrière une promesse qu'il vous a arrachée parce que vous êtes trop bonnes pour lui.

— Je ne peux rien dire, monsieur ! Maman nous l'a interdit. Laurie a confessé sa faute, a demandé pardon et il a été suffisamment puni. Nous ne gardons pas le silence pour le protéger mais pour protéger quelqu'un d'autre et si vous intervenez cela fera plus de mal que de bien. Je vous en prie, oubliez cela.

— Donnez-moi votre parole que cet insupportable garçon ne s'est montré ni ingrat ni impertinent. Sinon, malgré toute mon affection pour lui, je l'écraserai de mes propres mains. »

La menace était terrible mais n'inquiéta pas Jo, elle savait que l'irascible vieux monsieur ne lèverait jamais un doigt contre son petit-fils. Elle raconta la plaisanterie comme elle put sans trahir Meg ni la vérité.

« Hum – ah – bon ! Si le garçon s'est tu parce qu'il avait promis et non par obstination, je lui pardonnerai. C'est un entêté, difficile à manipuler.

— Moi aussi, mais un mot gentil me gouverne mieux que ne pourraient le faire tous les soldats du roi, dit Jo.

— Vous pensez que je ne suis pas bon pour lui, hé ?

— Sans aller aussi loin, vous êtes trop bon parfois mais un peu vif quand il abuse de votre patience.

— Vous avez raison, petite. J'aime ce garçon mais il m'exaspère parfois au-delà de tout et je ne sais pas comment cela finira si nous continuons ainsi.

— Je vais vous le dire, il s'enfuira. »

Jo regretta ses paroles à peine les avait-elle prononcées. Elle avait voulu le prévenir que Laurie ne supportait pas la contrainte et espérait que son grand-père se montrerait plus tolérant.

Le visage de M. Laurence changea soudain. Il s'assit, jeta un regard troublé au portrait d'un bel homme accroché au-dessus de son bureau. C'était le père de Laurie, qui s'était enfui dans sa jeunesse et s'était marié contre le gré de son père. Jo se reprochait de n'avoir pas su tenir sa langue.

« Laurie ne partira que s'il est trop tourmenté. Il menace parfois de le faire quand il en a assez de travailler. Moi aussi j'aimerais m'en aller, surtout depuis que mes cheveux sont coupés ; ainsi, si un jour vous ne nous trouvez pas, vous pourrez faire rechercher deux garçons partis en bateau pour les Indes. »

Elle riait en parlant. M. Laurence parut soulagé ; il prit le tout comme une plaisanterie.

« Ah ! ces garçons et ces filles ! Quels tourments ils nous causent et cependant nous ne pouvons pas nous en passer, dit-il en lui pinçant la joue, de bonne humeur. Allez chercher ce garçon, dites-lui que tout est oublié et conseillez-lui de ne pas prendre de grands airs tragiques avec son grand-père. Je ne le supporterai pas.

— Il ne descendra pas, monsieur ; il est très vexé parce que vous ne l'avez pas cru quand il a dit qu'il ne pouvait pas parler.

— Et qu'est-ce qu'il attend ? dit le vieux monsieur.

— Pourquoi ne pas lui écrire des excuses très solennelles qui le feraient se sentir un peu sot et le rendraient tout à fait raisonnable. Il a le sens de l'humour. Essayez, je vais les lui apporter et lui apprendre quel est son devoir. »

M. Laurence lui lança un regard aigu.

« Vous êtes une petite malicieuse et j'accepte de me laisser mener par vous et par Beth. Allons, donnez-moi une feuille de papier. »

Il écrivit un mot dans les termes qu'un gentleman emploierait à l'égard d'un autre qu'il aurait vivement insulté. Jo posa un baiser sur le sommet du crâne chauve de M. Laurence et courut glisser la lettre sous la porte de Laurie qui l'avait refermée à clef. Par le trou de la serrure, elle lui conseilla d'être soumis, aimable, docile et autres impossibilités.

Elle n'avait pas fini de descendre l'escalier que le jeune garçon glissait sur la rampe et l'attendait en bas. Prenant son air le plus vertueux, il lui dit en riant :

« Quel bon type tu es, Jo ! As-tu été envoyée à tous les diables ?

— Pas du tout ; ton grand-père a été plutôt gentil dans l'ensemble.

— Ah ! Je ne commets que des sottises ; même toi tu m'as rejeté et j'étais prêt à aller n'importe où, commença-t-il sur un ton d'excuse.

— Ne parle pas comme ça. Va déjeuner. Tu te sentiras mieux après. Quand ils ont faim, les hommes sont toujours insupportables. »

Et elle sortit sur ces mots.

Tout le monde pensait que l'affaire était close et que le petit nuage s'était dissipé à jamais, mais le mal était fait, car si les autres avaient oublié, Meg, elle, se souvenait. Elle ne faisait jamais allusion à un certain jeune homme, mais elle pensait beaucoup à lui et rêvait plus que jamais.

19

JOYEUX NOËL

*

LES SEMAINES QUI suivirent furent comme le soleil après l'orage. L'état des malades s'améliorait de jour en jour et M. March parlait dans ses lettres de revenir au début de l'année. Beth put bientôt s'étendre sur le sofa du salon et se distraire avec ses chats bien-aimés et ses poupées si longtemps délaissées. Elle était si amaigrie, si faible que Jo lui faisait prendre l'air chaque jour en la portant dans ses bras robustes. Meg noircissait et brûlait gaiement ses mains blanches en préparant des mets délicats pour la petite chérie, tandis qu'Amy, loyale esclave de la bague, célébrait son retour en distribuant ceux de ses trésors que ses sœurs consentaient à accepter.

Noël approchait et Jo faisait se tordre de rire sa famille en proposant des festivités aussi impossibles qu'absurdes. Laurie était aussi déraisonnable et ne parlait que de feux d'artifice, d'arcs de triomphe. Après beaucoup d'escarmouches on crut que les deux rêveurs s'étaient calmés, mais quand ils étaient seuls des explosions de rire éclataient.

Plusieurs jours de temps anormalement doux annonçaient un splendide jour de Noël. Hannah « sentait à ses rhumatismes » que la journée allait être très belle. Et elle se révéla une véritable prophétesse. D'abord M. March écrivit qu'il serait très bientôt auprès d'elles, puis Beth se sentit tout à fait bien. Revêtue d'une jolie robe offerte par sa mère elle fut portée en triomphe pour contempler le cadeau de Jo et de Laurie. Les deux infatigables avaient fait de leur mieux pour être à la hauteur de leur réputation. Ils avaient travaillé une grande partie de la nuit pour préparer une surprise amusante. Dans le jardin se dressait une dame de neige couronnée de houx ; d'une main elle tenait une corbeille de fruits et de fleurs, de l'autre un grand rouleau de musique, une ravissante écharpe s'enroulait autour de ses épaules. De ses lèvres sortait un papier rose qui fut apporté à Beth.

« Dieu te bénisse, chère reine Beth. Que rien ne te chagrine jamais, que la santé, la paix et le bonheur soient tiens en ce jour de Noël.

« Voici des fruits pour nourrir notre abeille affairée, des fleurs pour l'embaumer de leur parfum, de la musique pour son piano et ce châle pour ses pieds.

« Un portrait de notre Raphaël n° 2 qui a travaillé durement pour faire une copie parfaite d'une œuvre du grand maître.

« Accepte ce ruban rouge, je t'en prie, pour le cou de ta chatte favorite, de la crème à la vanille faite par la charmante Meg.

« Mes sculpteurs ont déposé toute leur tendresse dans mon cœur de neige. Accepte-la de Laurie et de Jo. »

Beth rit aux éclats quand elle vit la statue. Laurie fit plusieurs aller et retour pour lui apporter les cadeaux que Jo accompagnait de discours cocasses en les lui présentant.

« Je suis tellement contente que si seulement papa était là, je ne pourrais pas être plus heureuse, dit Beth en soupirant de contentement lorsque Jo la ramena dans le salon pour se reposer.

— Et moi aussi, ajouta Jo, en tapant sur sa poche gonflée par deux livres depuis longtemps désirés.

— Et moi donc, fit Amy en examinant la gravure de la « Vierge à la Chaise » que sa mère avait joliment encadrée.

— Il en est de même pour moi ! s'écria Meg en lissant les plis de sa première robe de soie que M. Laurence avait insisté pour lui offrir.

— Et moi, comment ne le serais-je pas ? » dit Mme March dont le regard allait de la lettre de son mari au visage souriant de Beth tandis que sa main caressait la broche faite de cheveux gris, or, châtains et bruns que ses filles venaient d'accrocher à son corsage.

Il arrive en ce monde, parfois, des choses inattendues qui apportent encore plus de joie. Elles avaient pensé ne jamais pouvoir être plus heureuses et cependant une demi-heure plus tard elles furent au comble du bonheur. Laurie entrebâilla la porte du salon, passa la tête sans bruit et, le visage rayonnant, dit d'une voix bizarre, haletante :

« Voici un autre présent de Noël pour la famille March. »

Les mots étaient à peine sortis de sa bouche qu'il était repoussé et à sa place apparaissait un grand homme emmitouflé jusqu'aux yeux, appuyé sur le bras d'un compagnon. Pendant quelques minutes tout le monde parut avoir perdu la tête, personne ne parlait. M. March disparut sous quatre paires de bras aimants ; Jo perdit la face en s'évanouissant presque et Laurie dut la ranimer. M. Brooke embrassa Meg, tout à fait par erreur comme il l'expliqua d'une manière incohérente ; Amy, si digne, bascula sur un tabouret et pleura sur les bottes de son père. Mme March fut la première à se reprendre. Elle étendit la main vers la pièce où Beth se reposait en disant :

« N'oubliez pas Beth ! »

Trop tard, la porte venait de s'ouvrir, la petite fille apparut sur le seuil et, la joie lui redonnant des forces, elle courut se jeter dans les bras de son père. Toute l'amertume du passé sembla oubliée, ne laissant que la douceur du présent.

À l'émotion générale succéda un grand éclat de rire quand on découvrit Hannah derrière la porte, pleurant sur une grosse dinde qu'elle avait oublié de poser quand elle avait quitté précipitamment sa cuisine. Lorsque les rires se furent calmés, Mme March remercia M. Brooke des soins dont il avait entouré son mari, sur quoi John, se souvenant soudain que M. March avait besoin de repos, prit Laurie par le bras et l'entraîna précipitamment vers la demeure des Laurence.

Jamais il n'y eut un dîner de Noël semblable à celui qu'ils firent ce jour-là. La grosse dinde était une merveille, toute décorée et farcie à souhait, le plum-pudding fondait littéralement dans la bouche. Tout était parfait, ce qui était une chance, car, dit Hannah, « j'avais l'esprit tellement à l'envers que c'est un miracle que je n'aie pas rôti le pudding et garni la dinde de raisins ».

M. Laurence et son petit-fils participaient au festin ainsi que M. Brooke, auquel Jo lançait des regards assassins, au grand amusement de Laurie. Deux fauteuils avaient été installés côte à côte à la tête de la table. Beth et son père y avaient pris place et se contentaient de poulet et de fruits.

Pendant quelques minutes tout le monde parut avoir perdu la tête, personne ne parlait.

On porta des toasts, raconta des histoires, chanta de vieilles chansons. En un mot, on passa des moments merveilleux. Une promenade en traîneau avait été projetée, mais les jeunes filles ne voulaient pas quitter leur père. Leurs invités partirent de bonne heure et, au crépuscule, l'heureuse famille s'assit autour du feu.

« Dire qu'il y a un an nous nous lamentions en pensant au triste Noël que nous allions avoir. Vous en souvenez-vous ? demanda soudain Jo.

— Cette année n'a pas été mauvaise dans l'ensemble ! fit Meg en souriant au feu, et en se félicitant d'avoir traité M. Brooke avec dignité.

— Je trouve qu'elle a été difficile, observa Amy en regardant sa bague briller à la lueur des flammes.

— Je suis heureuse qu'elle soit terminée, parce que tu es revenu, murmura Beth, assise sur les genoux de son père.

— La route a été dure, mes petites, surtout la dernière partie, dit M. March. Mais vous vous en êtes tirées courageusement.

— Comment le sais-tu ? Maman te l'a-t-elle dit ? demanda Jo.

— Pas grand-chose ; la girouette montre dans quelle direction souffle le vent et j'ai fait plusieurs découvertes aujourd'hui.

— Oh ! dis-les-nous ! s'écria Meg, assise à côté de lui.

— En voici une. »

Prenant la main de Meg qui reposait sur le bras de son fauteuil, il montra l'index durci, une brûlure sur le dos de la main et deux ou trois cals sur la paume.

« Je suis fier de tenir cette petite main, autrefois si blanche, une petite main courageuse. »

Si Meg avait souhaité une récompense pour ses heures de patient travail, elle la reçut par le sourire qu'il lui adressa.

« Et Jo ? dis-lui aussi quelque chose de gentil ; car elle a été si, si bonne pour moi », dit Beth dans l'oreille de son père.

Il regarda la grande fille assise en face de lui, avec sur le visage une expression de douceur peu habituelle.

« En dépit de sa toison bouclée, je ne vois pas le "fils Jo" que j'ai laissé il y a un an, dit M. March, je vois une jeune fille qui met son col bien droit, lace ses souliers correctement, ne siffle pas, ne parle pas argot, ne s'étend pas sur le tapis comme elle avait coutume de le faire. Sa figure est pâle et amaigrie parce qu'elle a trop veillé, s'est trop inquiétée ; mais j'aime la regarder, car elle est plus douce, sa voix est moins forte. Elle ne bondit pas, mais se déplace tranquillement et prend soin d'une certaine petite personne avec un dévouement maternel qui me ravit. Ma fille sauvage me manque un peu, mais si j'ai à sa place une jeune fille forte, complaisante, aimante, je serai tout à fait satisfait. Dans tout Washington je n'aurais pu trouver quelque chose d'assez beau pour être acheté avec les vingt-cinq dollars qu'elle m'a envoyés. »

Les yeux de Jo se voilèrent un instant, son visage mince rosit à la lueur des flammes tandis qu'elle recevait ces louanges, dont elle sentait avoir mérité une partie.

« À Beth maintenant, dit Amy armée de patience mais qui aspirait à voir son tour arriver.

— Elle est si menue que j'ai peur qu'elle disparaisse si je dis trop de bien d'elle, quoiqu'elle ne soit plus aussi timide qu'elle avait coutume de l'être », commença le père d'un ton amusé.

Se souvenant soudain qu'il avait été si près de la perdre, il la serra tendrement contre lui en disant avec tendresse :

« Tu es guérie, ma petite Beth, et je resterai toujours près de toi, s'il plaît à Dieu. »

Après une minute de silence, il regarda Amy, assise à ses pieds.

« J'ai remarqué qu'Amy a pris les moins bons morceaux du repas, qu'elle a rendu des services à sa mère tout l'après-midi, a laissé sa place à Meg ce soir, a veillé sur tous avec patience et bonne humeur. J'ai observé aussi qu'elle ne s'impatientait pas, ne se regardait pas dans le miroir et n'a même pas parlé d'une très jolie bague qu'elle porte à son doigt. J'en ai conclu qu'elle a appris à penser davantage aux autres et moins à elle, et qu'elle a décidé de modeler son caractère aussi soigneusement qu'elle modèle ses petites sculptures d'argile. »

Cette délicieuse soirée se termina par un chant dont Beth, assise à son cher petit piano, joua l'accompagnement. Quelle émotion quand s'éleva sa voix douce qu'ils avaient cru ne plus jamais entendre.

20

TANTE MARCH INTERVIENT

LE LENDEMAIN, LA mère et les filles s'affairaient autour de M. March comme des abeilles autour de leur reine. Elles négligeaient tout pour regarder, soigner, écouter le nouveau convalescent. Tandis qu'il restait assis dans un grand fauteuil à côté du sofa de Beth, ses trois filles près de lui, Hannah passant la tête de temps à autre pour voir « le cher homme », rien ne semblait manquer à leur bonheur. Pourtant tout n'était pas parfait, les aînées le sentaient.

M. et Mme March suivaient Meg d'un regard anxieux. Jo avait des accès de soudaine gravité et fut surprise montrant le poing au parapluie que M. Brooke avait oublié dans le vestibule ; Meg était distraite, timide, silencieuse, elle sursautait quand la sonnette tintait, rougissait chaque fois qu'on prononçait le nom de John. Amy dit que tout le monde semblait attendre quelque chose et que c'était bizarre puisque papa était sain et sauf à la maison. Quant à Beth elle se demandait pourquoi leurs voisins ne venaient pas comme à l'accoutumée.

Dans l'après-midi, Laurie passa près de la maison et voyant Meg à la fenêtre, un besoin irrésistible de faire du mélodrame le poussa : il se laissa tomber sur un genou dans la neige, se frappa la poitrine, s'arracha les cheveux, joignit les mains d'un geste implorant, comme s'il sollicitait quelque faveur ; et quand Meg lui enjoignit de se comporter convenablement ou de s'en aller, il essuya des larmes imaginaires avec son mouchoir et s'éloigna en titubant comme sous le poids d'un profond désespoir.

« Qu'est-ce que ce nigaud peut bien vouloir dire ? fit Meg en riant et en s'efforçant de prendre un air indifférent.

— Il te montre ce que ressent ton John. Touchant, n'est-ce pas ? répondit Jo avec mépris.

— Ne dis pas « mon John », ce n'est ni convenable ni vrai – mais la voix de Meg s'attardait sur ces mots comme s'ils lui plaisaient. Je t'en prie, Jo, ne me taquine pas ; je t'ai dit que je ne me soucie pas beaucoup de lui. Il n'a rien su, nous serons tous amis comme avant.

— Impossible, car il s'est passé quelque chose et la malice de Laurie t'a changée. Je m'en rends compte, maman aussi ; tu n'es plus toi-même. Je n'ai pas l'intention de te taquiner et je supporterai la séparation en homme, mais je voudrais que tout soit réglé. Je déteste attendre. Alors si tu as jamais l'intention de l'épouser, dépêche-toi.

— Je ne peux rien dire ni faire tant qu'il n'aura pas parlé et il ne le fera pas parce que papa a dit que j'étais trop jeune, commença Meg en se penchant sur son ouvrage avec un bizarre petit sourire qui laissait entendre qu'elle n'était pas entièrement d'accord avec son père sur ce point.

— S'il se déclarait, tu ne saurais que répondre, tu pleurerais ou rougirais, au lieu de lui dire un non catégorique.

— Je ne suis pas aussi sotte ni faible que tu veux bien le croire. Je sais exactement ce que je répondrai, je ne serai pas prise au dépourvu. »

Jo ne put se retenir de sourire devant l'air important qu'avait pris inconsciemment Meg et qui lui seyait autant que la jolie teinte rose qui colorait ses joues.

« Cela t'ennuierait-il de me dire ce que tu lui répondrais ? demanda Jo d'un ton un peu plus sérieux.

— Pas du tout. Tu as seize ans maintenant, tu es assez vieille pour être ma confidente et mon expérience pourra t'être utile quand ton heure viendra.

— J'espère bien qu'elle ne viendra pas ; je me sentirais trop bête, dit Jo, très inquiète à cette perspective.

— Eh bien je lui répondrai avec calme et fermeté : je vous remercie beaucoup, M. Brooke, mais je suis d'accord avec mon père, je suis trop jeune pour m'engager, alors si vous le voulez bien n'en parlons plus et restons amis comme par le passé.

— Hum ! C'est plutôt glacial. Je ne crois pas que tu lui répondes cela et d'ailleurs il ne s'en contentera pas. S'il se comporte comme les amoureux des romans, tu finiras par céder pour ne pas lui faire de peine.

— Non, je ne céderai pas. Je lui dirai que ma décision est irrévocable et je sortirai de la pièce dignement. »

Meg se levait et s'apprêtait à exécuter ce genre de sortie quand un pas dans l'entrée la fit se rasseoir en vitesse et se replonger dans sa couture comme si sa vie en dépendait. Jo étouffa un rire devant ce brusque changement et, entendant frapper timidement à la porte, elle l'ouvrit avec une mine qui n'avait rien d'accueillant.

« Bonjour, je suis venu chercher mon parapluie – et aussi voir comment se porte votre père aujourd'hui, dit M. Brooke, un peu embarrassé devant les deux sœurs dont la gêne était visible.

— Votre parapluie est dans le porte-parapluies et je vais lui dire que vous êtes là. »

Et ayant emmêlé son père et le parapluie dans sa réponse, Jo se glissa hors de la pièce pour donner à Meg une chance de débiter son discours et de manifester sa dignité. Mais à peine était-elle sortie que Meg se coula vers la porte en murmurant :

« Maman sera contente de vous voir. Je vous en prie, asseyez-vous, je vais la prévenir.

— Ne vous en allez pas. Auriez-vous peur de moi, Margaret ? »

M. Brooke avait l'air si blessé que Meg se dit qu'elle s'était comportée d'une manière très mal élevée. Elle rougit jusqu'au front de s'entendre appeler Margaret d'une voix si douce. Anxieuse de paraître à son aise, elle tendit la main dans un geste confiant et dit avec gratitude :

« Comment pourrais-je avoir peur de vous quand vous avez été si bon avec mon père ? Je voudrais seulement savoir comment vous en remercier.

— Je vais vous dire comment », fit M. Brooke en tenant la petite main serrée dans les siennes.

Il regardait Meg avec tant d'amour dans ses yeux bruns que le cœur de la jeune fille se mit à battre plus fort. Elle hésitait entre le désir de fuir et celui de rester et d'écouter.

« Oh non, je vous en prie – je n'y tiens pas, dit-elle en essayant de se libérer la main.

— Je ne veux pas vous troubler, je désirerais seulement savoir si vous avez un peu d'affection pour moi, Meg. Je vous aime tant », ajouta tendrement M. Brooke.

Le moment était venu de tenir le discours calme, posé, mais Meg en oublia chaque mot, elle baissa la tête et répondit : « Je ne sais pas », si doucement que John dut se pencher pour entendre la petite voix. « Je suis trop jeune », balbutia-t-elle se demandant pourquoi elle était si émue et cependant heureuse.

« J'attendrai ; et entre-temps vous pourriez apprendre à me connaître et à m'aimer un peu. Serait-ce si difficile ?

— Non, pas si je suis décidée à l'apprendre.

— Faites-le Meg. J'adore enseigner. »

Son ton était important, mais jetant un regard timide sur le jeune homme, Meg lut dans ses yeux autant de joie que de tendresse et il souriait comme quelqu'un sûr de son succès. Prise d'un accès de coquetterie, elle dégagea ses mains et dit vivement :

« Mais je ne veux pas apprendre. Je vous en prie, allez-vous-en et laissez-moi. »

Pauvre M. Brooke, il devint pâle et grave. Il ressemblait décidément aux héros des romans que Meg admirait mais sans se frapper la tête et arpenter la pièce comme dans les livres. Il la regardait si tristement, si tendrement, qu'elle sentit son cœur s'attendrir. Que serait-il arrivé ensuite, impossible de le savoir car tante March fit irruption juste à ce moment palpitant.

La vieille dame n'avait pu résister à son désir de voir son neveu. Elle avait appris son arrivée par Laurie qu'elle avait rencontré au cours d'une promenade. Tous les membres de la famille étaient occupés au premier et elle était entrée sans bruit, espérant les surprendre. Elle en surprit deux à tel point que Meg sursauta comme si elle avait vu un fantôme et que M. Brooke s'enfuit dans la pièce voisine.

« Miséricorde ! Que signifie tout cela ? s'écria la vieille dame en tapant le parquet avec sa canne tandis que son regard allait du visage écarlate de Meg à la porte par laquelle avait disparu le jeune homme.

— C'est un ami de papa, balbutia Meg. Quelle surprise de vous voir !

— C'est évident, rétorqua tante March en s'asseyant. Mais que disait cet ami de ton père pour que tu sois aussi rouge qu'une pivoine ? Je veux savoir ce qui se passe.

— Nous bavardions tout simplement. M. Brooke est venu rechercher son parapluie qu'il avait oublié, dit Meg souhaitant que John et le parapluie fussent hors de la maison.

— Brooke ! Le précepteur du jeune Laurence ? Ah ! Je comprends maintenant. Je sais tout. Jo s'est embrouillée en me résumant une lettre de ton père et je lui ai fait tout me raconter. Tu ne l'as pas accepté, petite ? s'écria tante March l'air scandalisé.

— Chut ! Il va vous entendre. Je vais chercher maman, voulez-vous, fit Meg, très troublée.

— Non, j'ai à te parler d'abord et j'entends le faire. As-tu l'intention d'épouser ce Cook ? Si tu le fais, tu n'auras pas un sou de moi. Rappelle-le-toi et sois raisonnable. »

La tante March possédait l'art d'éveiller l'esprit d'opposition chez les personnes les plus douces et s'y complaisait. Les meilleurs d'entre nous ont un brin de perversité en eux, surtout lorsqu'ils sont jeunes et amoureux. Si la tante March avait supplié Meg d'accepter la proposition de John Brooke, celle-ci aurait probablement déclaré qu'elle n'y songeait pas. Mais comme on lui ordonnait d'un ton péremptoire de ne pas l'aimer, elle décida qu'elle le ferait. L'inclination autant que l'esprit de contradiction rendit cette décision facile. Déjà très agacée, Meg répondit avec une vivacité inhabituelle :

« J'épouserai qui me plaira, tante, et vous pouvez donner votre argent à qui vous voudrez.

— Tout beau ! Est-ce ainsi que l'on accepte mes conseils, mademoiselle ? Tu le regretteras quand tu auras goûté de l'amour dans une chaumière et découvert que c'est un échec.

— Pas pire que celui que découvrent les gens dans de belles maisons. »

Tante March chaussa ses lunettes et regarda avec stupeur la jeune fille. Elle ne l'avait jamais vue sous ce jour. Meg ne se reconnaissait plus, elle se sentait si brave, si indépendante, si heureuse de défendre John et d'affirmer son droit de l'aimer si elle le voulait. Tante March comprit qu'elle avait mal engagé la discussion et, après une brève pause, elle reprit sur un ton aussi conciliant qu'elle le pouvait :

« Écoute-moi, ma chère Meg, sois raisonnable. C'est par affection que je te parle. Je ne veux pas te voir gâcher toute ta vie en commettant une grave erreur au départ. Il faut que tu épouses un homme riche et viennes en aide à ta famille. Tu dois le comprendre.

— Papa et maman ne pensent pas comme vous, ils aiment bien John, si pauvre qu'il soit.

— Tes parents n'ont pas une pointe de bon sens. Ce sont des enfants.

— J'en suis bien contente ! » s'écria Meg.

Tante March fit comme si elle n'avait pas entendu et poursuivit son sermon.

« Ce Rook est pauvre et il n'a pas de parents riches non plus, n'est-ce pas ?

— Non, mais il a de bons amis.

— On ne peut pas compter sur les amis ; ils disparaissent dès qu'on a besoin d'eux. Il n'a pas de situation non plus.

— Pas encore, mais M. Laurence l'aidera.

— C'est un vieil original, on ne peut pas compter sur lui non plus. Meg, tu vas épouser un homme sans argent, sans position sociale, sans situation, tu travailleras plus dur que maintenant alors que tu pourrais mener une vie confortable et agréable si tu m'écoutais. Je pensais que tu avais plus de bon sens, ma petite.

— Je ne pourrais mieux faire si j'attendais la moitié de ma vie ! John est bon et sage ; il a de nombreux talents ; il est désireux de travailler et sûr d'y parvenir ; il est énergique, courageux. Tout le monde l'aime et le respecte et je suis fière qu'il tienne à moi bien que je sois pauvre, jeune et bête, dit Meg plus jolie que jamais dans son indignation.

— Il sait que certains de tes parents sont riches, mon enfant ; c'est pourquoi, je le soupçonne, il tient à toi.

— Tante, comment osez-vous dire une chose pareille ! John est au-dessus d'une telle mesquinerie. Je ne veux pas écouter un mot de plus si vous parlez ainsi, fit Meg oubliant tout, sauf l'injustice de semblables propos. Mon John ne se marierait pas pour de l'argent, pas plus que moi. Nous sommes prêts à travailler et à attendre. La pauvreté ne me fait pas peur car j'ai été heureuse jusqu'ici et je sais que je le serai avec lui parce qu'il m'aime et que je… »

Meg s'arrêta court. N'avait-elle pas dit à « son John » de s'en aller, et il pouvait entendre ses paroles de la pièce voisine.

Tante March était très en colère car elle avait décidé que sa jolie nièce ferait un beau mariage et quelque chose dans le jeune et heureux visage de Meg éveillait tristesse et amertume chez la vieille femme solitaire.

« C'est bon, je me lave les mains de toute cette affaire ! Tu es une sotte et tu as perdu plus que tu ne t'en doutes par cette folie. Non, je ne reste pas. Je n'ai pas envie de voir ton père aujourd'hui. N'espère rien de moi quand tu seras mariée ; que les amis de M. Book prennent soin de vous. Moi j'en ai fini avec toi. »

Et claquant la porte au nez de Meg, tante March partit en proie à une violente colère. Elle semblait avoir emporté avec elle tout le courage de la jeune fille. Restée seule, la pauvre Meg ne savait si elle devait rire ou pleurer. M. Brooke mit fin à son hésitation en entrant en trombe dans la pièce et en débitant d'une seule haleine :

« Je n'ai pu m'empêcher d'entendre, Meg. Merci de m'avoir défendu et merci à votre tante March de vous avoir montré que vous teniez un peu à moi.

— Je ne m'en rendais pas compte jusqu'à ce qu'elle vous ait insulté, commença Meg.

— Alors, je peux rester, ma chérie ? »

C'était une seconde occasion de prononcer le discours si bien préparé et de faire une sortie digne, mais Meg n'y songea pas et elle se perdit à jamais aux yeux de Jo en murmurant doucement : « Oui, John » et en se cachant le visage contre son épaule.

Un quart d'heure après le départ de tante March, Jo descendit du premier, s'arrêta un instant à la porte du salon et, n'entendant aucun bruit provenant de l'intérieur, elle hocha la tête, sourit d'un air satisfait.

« Elle l'a renvoyé comme nous en étions convenues. L'affaire est réglée, se dit-elle. Je vais entrer et nous allons bien rire. »

La pauvre Jo ne rit pas mais resta figée sur le seuil de la pièce, la bouche aussi grande ouverte que ses yeux. Elle qui s'attendait à exulter de la chute d'un ennemi, à couvrir de louanges sa sœur pour avoir banni un amoureux indésirable, reçut un choc terrible en voyant son ennemi assis sur le sofa, tenant tendrement sa sœur sur ses genoux, laquelle avait une expression d'« abjecte » soumission. Jo eut un hoquet comme si elle avait reçu une douche d'eau glacée. À ce bruit bizarre, les deux amoureux se retournèrent et la virent. Meg bondit sur ses pieds, à la fois fière et timide, mais « ce garçon », comme l'appelait Jo, rit, s'avança vers la nouvelle arrivante, l'embrassa en disant :

« Félicitez-nous, ma presque belle-sœur Jo ! »

Ajouter ainsi l'insulte à la blessure, c'en était trop et, levant les mains dans un grand geste d'effroi, Jo disparut sans un mot. Elle se précipita en haut, fit irruption dans la chambre des convalescents en criant d'un ton tragique :

« Faites vite quelque chose. John Brooke se comporte d'une façon horrible et cela plaît à Meg. »

M. et Mme March descendirent rapidement. Jo tempêta en racontant l'affreuse nouvelle à Beth et Amy qui lui apportèrent peu de réconfort car elles étaient enchantées. Alors Jo se réfugia au grenier et confia ses tourments à ses amis les rats.

Quand la cloche du dîner sonna, John Brooke n'avait pas fini de décrire le paradis qu'il offrirait à Meg. Il lui donna fièrement le bras pour la mener à table. Personne n'avait très faim, mais tous semblaient si heureux que Jo fit taire sa jalousie et son amertume.

Amy était vivement impressionnée par la dévotion de John et la dignité de Meg. Beth leur adressait des regards rayonnants. M. et Mme March observaient le jeune couple avec tendresse et la vieille pièce semblait tout éclairée par cet amour tout neuf.

« Tu ne peux plus dire que rien d'agréable n'arrive, n'est-ce pas, Meg ? dit Amy.

— Non, sûrement pas. Que de choses se sont passées depuis que je l'ai dit. Il me semble qu'il y a au moins un an, répondit Meg perdue dans un rêve merveilleux qui la soulevait bien au-dessus de détails aussi triviaux que le pain et le beurre.

— Les joies succèdent aux peines cette fois, dit Mme March. Dans la plupart des familles il y a toujours une année fertile en événements. Celle-ci en a été une pour nous, mais elle se termine bien.

— J'espère que la prochaine se terminera mieux », murmura Jo.

Elle trouvait dur de voir sa Meg absorbée par cet étranger sous ses propres yeux. Jo était exclusive et redoutait de perdre ou de voir s'amoindrir l'affection des siens.

« J'espère que dans trois ans, l'année se terminera mieux encore, si mes projets aboutissent, dit M. Brooke à Meg comme si tout lui était désormais devenu possible.

— Cela ne semble-t-il pas bien long à attendre ? demanda Amy impatiente d'assister au mariage.

— J'ai tant à apprendre avant d'être prête que cela me paraît plutôt court, répondit Meg avec une gravité douce, toute nouvelle.

— Vous n'avez qu'à attendre ; c'est à moi de travailler », dit John en joignant le geste à la parole pour ramasser la serviette que Meg avait laissé tomber.

Jo hocha la tête, pensive. Avec soulagement, elle entendit la porte d'entrée s'ouvrir brusquement.

« Ah ! se dit-elle, voilà Laurie. Enfin quelqu'un de raisonnable. »

Elle se trompait, car Laurie arrivait tout joyeux, débordant d'entrain, avec un énorme bouquet de fleurs blanches pour « Mme John Brooke » et visiblement persuadé que c'était grâce à lui que cette idylle aboutissait à son heureuse conclusion.

« Je savais bien que Brooke parviendrait à ses fins ; quand il a décidé d'accomplir quelque chose il y arrive, le ciel dût-il tomber, déclara-t-il après avoir présenté ses félicitations.

— Grand merci pour ce compliment – je le considère comme un bon présage pour l'avenir et t'invite tout de suite à notre mariage, répondit M. Brooke qui se sentait en paix avec l'univers, et même avec son malicieux élève.

— J'y viendrai, même si je me trouve à l'autre bout du monde ; la seule vue de la tête de Jo vaudrait un long voyage. »

Il suivit Jo dans un angle du salon où tous s'étaient rassemblés pour accueillir M. Laurence.

« Vous n'avez pas l'air bien gai, chère demoiselle, que se passe-t-il ? lui demanda-t-il.

— Je n'approuve pas ce mariage mais j'ai pris la décision de supporter courageusement cette épreuve et de ne pas dire un mot de critique, répondit solennellement Jo. Tu ne peux pas savoir combien c'est dur pour moi de perdre Meg, ajouta-t-elle avec un léger tremblement dans la voix.

— Tu ne la perds qu'à moitié.

— Ce ne sera jamais plus la même chose, soupira Jo. J'ai perdu ma meilleure amie.

— Je te reste. Je ne suis pas bon à grand-chose, certes, mais je ne te quitterai pas, Jo, jamais. Ma parole ! »

Et Laurie pensait ce qu'il disait.

« Je le sais et t'en suis très reconnaissante. Tu es toujours d'un grand réconfort pour moi, répondit Jo en lui serrant affectueusement la main.

— C'est bon, alors ne sois pas triste. Là, fais-moi un sourire. Tout ira pour le mieux, tu verras. Meg est heureuse. Brooke va prendre son envol et s'installer immédiatement ; grand-père va s'occuper de lui et ce sera si bon de voir Meg dans sa propre petite maison. Nous passerons des moments merveilleux après son départ, car j'en aurai fini avec l'université, alors nous partirons pour l'étranger, ou nous ferons un beau voyage tous les deux. Cela ne te consolera-t-il pas ?

— Si, je le crois ; mais qui sait ce qui peut arriver en trois ans, fit pensivement Jo.

— C'est vrai. N'aimerais-tu pas jeter un regard sur l'avenir et savoir où nous serons tous à cette époque ? Moi, oui, répliqua Laurie.

— Pas moi, car je verrais peut-être des choses tristes. Tout le monde paraît si heureux maintenant. Je ne pense pas qu'on puisse l'être beaucoup plus. »

Jo promena son regard dans la pièce. Ses yeux s'éclairèrent de bonheur devant la vision qui s'offrait à elle.

Son père et sa mère étaient assis côte à côte, revivant dans la sérénité le premier chapitre de ce roman qui, pour eux, avait commencé quelque vingt ans auparavant. Amy dessinait les deux amoureux, assis à part dans le monde si beau qui était le leur, et dont la lumière illuminait leurs visages avec une grâce que la jeune artiste n'aurait su rendre. Beth reposait sur le sofa, bavardant gaiement avec son vieil ami M. Laurence. Il tenait sa petite main comme s'il percevait qu'elle possédait le pouvoir de le mener le long du chemin paisible où elle marchait. Jo s'installa sur sa chaise basse préférée avec sur son visage cette expression calme et grave qui lui allait si bien. Laurie, appuyé au dossier de sa chaise, le menton à la hauteur des cheveux bouclés, souriait de son sourire si amical et lui adressait des clins d'œil dans le long miroir qui les reflétait tous deux.

DÉCOUVREZ
EN EXCLUSIVITÉ D'AUTRES
IMAGES DU FILM

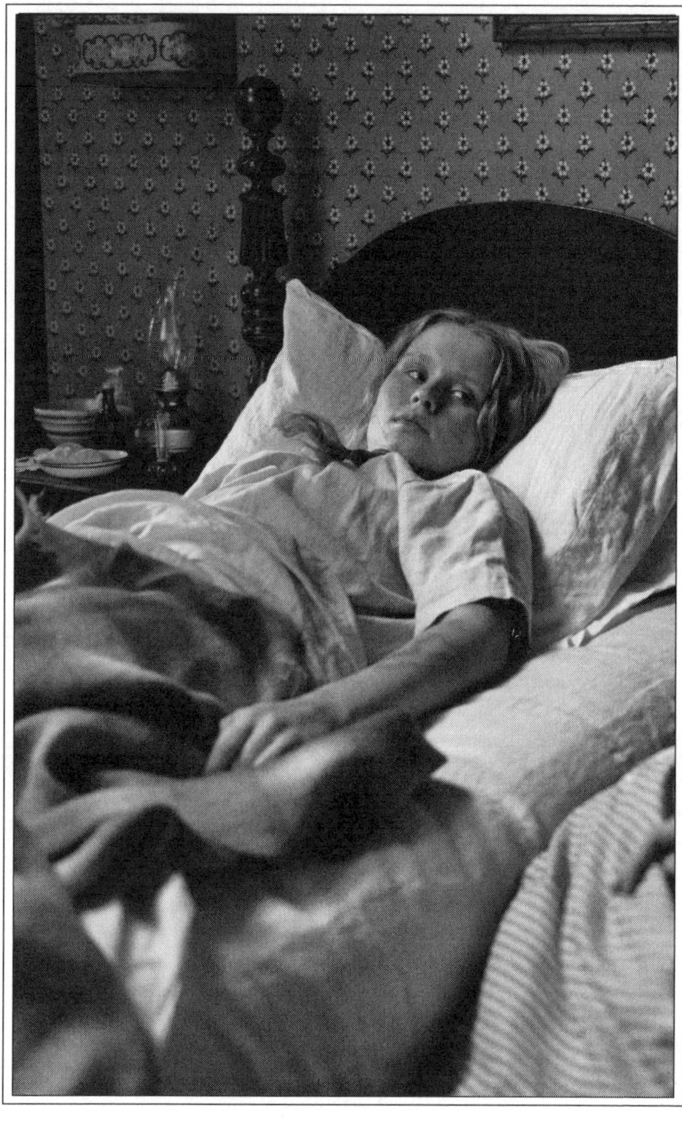

TABLE

« Pour l'éditeur, le principe est d'utiliser des papiers composés de fibres naturelles, renouvelables, recyclables et fabriquées à partir de bois issus de forêts qui adoptent un système d'aménagement durable. En outre, l'éditeur attend de ses fournisseurs de papier qu'ils s'inscrivent dans une démarche de certification environnementale reconnue. »

Composition et mise en pages : Nord Compo

PAPIER À BASE DE FIBRES CERTIFIÉES

hachette s'engage pour l'environnement en réduisant l'empreinte carbone de ses livres. Celle de cet exemplaire est de :
950 g éq. CO_2
Rendez-vous sur www.hachette-durable.fr

Achevé d'imprimer en Italie par Grafica Veneta Spa
Dépôt légal 1re publication novembre 2019
73.7349.2 – ISBN : 978-2-01-786846-0
Édition : 01 – Dépôt légal : novembre 2019

Loi n° 49-956 du 16 juillet 1949
sur les publications destinées à la jeunesse